MALICIA HEREDADA

UN ROMANCE OSCURO DE UNA SOCIEDAD
SECRETA

ALTA HENSLEY

STASIA BLACK

BOLETÍN DIGITAL

Para mantenerte al tanto de nuevos lanzamientos de libros y ofertas, suscríbete al boletín de noticias en español de Stasia: https://www.stasiablack.com/spanish-newsletter

LA ORDEN DEL FANTASMA DE PLATA
Solicita el honor de su presencia a

LA SEÑORITA ABILENE WEST

Para el preparativo de la celebración de las pruebas de
iniciación de Beau Radcliffe
EL SÁBADO CINCO DE JULIO
A las doce y media de la noche
Mansión Oleander
109 de la calle Oleander
La asistencia es obligatoria

CAPÍTULO 1

Consuela

Observé atentamente al hombre que entró con ostentosos ropajes en el bar del pequeño pueblo de Georgia. Había llegado al establecimiento unos treinta segundos antes que él, y el corazón me seguía latiendo a mil kilómetros por hora. Tenía la esperanza de tener más tiempo para pedir una bebida y verme más natural, pero el camarero estaba coqueteando con una mujer al otro extremo del bar. Me había vestido de forma discreta a propósito; después de todo, estaba tratando de pasar desapercibida.

Lo que buscaba hoy no era la atención del camarero. No, tendría que hacer esto con muchísimo cuidado si no quería meter la pata hasta el fondo. Tenía una sola oportunidad. Habría rezado si fuera de las que rezan, pero no. Recordé las palabras de Tina en la casa de acogida cuando me enseñó los trucos del oficio.

No necesitaba tener a la suerte, ni a Dios, de mi lado. Ni siquiera tenía que ser la persona más lista de todas las presentes. Solo necesitaba ser la más astuta, tenía que analizar cada ángulo y a cada persona, buscar las señales, los puntos débiles, los detalles e instrumentos de los que me pudiera valer para manipular a las personas y así lograr que hicieran lo que fuese que quisiera.

Yo no era tan buena como Tina. Nadie lo era. Me había enseñado todo lo que sabía, me usó para una última estafa y luego me descartó cuando no le fui de más utilidad. Como dije, me enseñó todo lo que sabía.

Saqué mi teléfono móvil y fingí estar embebida en la diminuta pantalla mientras, disimuladamente, veía por el rabillo del ojo al hombre mayor en esmoquin y frac que le ofrecía a la hermosa mujer de la esquina una invitación caligrafiada. Ella pareció confundida, pero entonces en sus ojos se notó que había entendido. Diablos, sabía lo que significaba. No llegaría tan lejos como para arrancarle la invitación de sus muertas y frías manos o algo por el estilo, pero me iría de aquí con ella de alguna forma u otra. Solo que aún no lo sabía.

El anciano del esmoquin por fin salió por donde había entrado, y la mujer de la esquina le pidió otra ronda de bebidas a una camarera que pasaba cerca. Pero entonces se detuvo por un momento, sacó la billetera y despachó a la empleada sin pedir nada, después de todo.

Ajá. Era tal como lo había oído. La Orden realmente se aprovechaba de mujeres que no tenían más opciones. Hijos de puta.

Sonreí, pues lo que hacía a esta mujer un blanco perfecto de la Orden, también la hacía perfecta para mí. Era hora de entrar a matar, por así decirlo. Cogí mi bolso y fui directo a la mesa de la mujer.

—¿Este asiento está ocupado? —pregunté, señalando la silla que estaba al lado opuesto de la pequeña mesa cuadrada.

La mujer alzó la vista, confundida por mi repentina presencia. Me senté antes de que pudiera decir algo de una manera u otra y llamé a la camarera que acababa de pasar por un lado.

—Yo invito las bebidas. ¿Qué quieres tomar?

Aquello la animó un poco.

—Vodka y refresco.

Sonreí.

—Un clásico. Que sean dos vodkas con refresco.

La camarera asintió sin mucho interés y se alejó.

—Hola, me llamo Vanessa —dije, extendiendo una mano hacia el otro lado de la mesa. Aquello era mentira. Mi nombre real era Connie, pero no lo había usado desde el hogar de acogida. Desde ese entonces había estafado varias veces, y cualquier idiota sabía que no se debía usar ningún nombre que pudiera rastrearse.

La brillante invitación seguía encima de la mesa que nos separaba, pero mantuve los ojos en el rostro de la hermosa mujer y no la bajé ni por un segundo. Ella estiró la mano de forma vacilante y estrechó la mía.

—Esto, hola. Yo soy Abilene, pero me dicen Abby.

Le sonreí.

—Hola, Abby. Soy nueva en este pueblo, pero crecí en el pueblo vecino. ¿Conoces Burrows Creek?

Ella sonrió y relajó un poco la postura.

—Claro, creo que jugamos fútbol contra ustedes.

Me reí al oír eso.

—¿A qué instituto fuiste?

—Al Simmons.

—Joder, ustedes siempre nos machacaban.

Ella soltó una risa.

—Casi fuimos a las estatales en mi último año. Machacamos a todos.

Pasaba los dedos sin parar por la invitación que yacía en la mesa. Esto sería demasiado sencillo. La camarera nos trajo nuestras bebidas y yo fingí darle un sorbo a la mía al mismo tiempo que animaba a Abby a pedir otra —yo invitaba, desde luego. Trató de protestar, pero meneé la mano para mostrarle que no tenía importancia.

—Es el último día de una larga semana y es agradable conocer a alguien nuevo en este pueblo. Llevo días de mala racha. A estas alturas aceptaría cualquier cara conocida.

De inmediato su rostro reflejó comprensión.

—Cielos, ¡entiendo exactamente lo que quieres decir! Mi exnovio acaba de echarme de casa. Tal parece que se ha estado acostando con una zorra del salón de belleza que apenas acaba de salir del instituto. Fui hasta allá y la confronté por haberse enrollado con mi hombre, y entonces su jefe llamó al mío en el centro comercial que está a una calle, pues ambos se conocen, y fui yo quien perdió su trabajo. Este pueblo es una mierda.

Entonces alzó la vista para mirarme.

—Perdona. Sé que acabas de mudarte, pero yo no veo el día en que me largue de aquí.

Asentí compasivamente mientras ella volvía a pellizcar el borde de la invitación que estaba en la mesa.

—¿Qué es eso? —pregunté con tanta inocencia como pude.

Ella soltó un bufido.

—Una locura. Una locura es lo que es. —Negó con la cabeza y alzó la invitación grabada con letras doradas.

Luego volvió a bajarla y la cubrió con una mano, mirando a los lados como si alguien que estuviera observando la pudiera pillar en algo. Se inclinó sobre la mesa, y yo también lo hice.

—Eres de por aquí, ¿verdad?

Asentí.

—¿Alguna vez has oído sobre la Orden? ¿Esa sociedad secreta o algo así que puede ofrecerles a las chicas lindas lo que sea que quieran y así cumplir sus sueños?

Me relamí los labios y luego maldije por delatarme de forma tan evidente. Intenté verme más despreocupada cuando asentí e hice una pausa, desviando la mirada a la invitación.

—Espera. No querrás decir... —Jadeé y fingí tomar un trago de mi bebida, sin dejar que el líquido entrara a mi boca de verdad.

Entonces me incliné más y bajé la voz hasta que esta fue un susurro.

—Digo, vi a ese tipo raro entrando. No me digas que es eso. ¿Es una de esas invitaciones de las que hablas?

Ella abrió los ojos de par en par y asintió.

—¡No puede ser! —chillé y estampé la mano contra la mesa.

Ella soltó una risita e hizo un gesto con las manos para pedirme silencio.

—Shhh. —Volvió a mirar a nuestro alrededor—. Shhh, no quiero que nadie más se entere.

Yo asentí e hice un ademán de que mis labios estaban sellados. Me moví en la mesa para quedar en un asiento que estuviese más cerca del suyo, y entonces le pregunté:

—Pero, en serio, ¿no estarás de coña? Es imposible que ese hombre te haya dado una de esas invitaciones. Pensé que eran inventos.

—¡No es así! ¡Mira!

Me entregó la invitación. Me la entregó y ya. Yo cogí el valioso y suave papel nuevo y cuidadosamente miré por encima las letras doradas.

Las pruebas de iniciación de Beau Radcliffe.

Mierda. Allí estaba en blanco y negro. Su nombre. Beau Radcliffe.

Durante todo este tiempo ni siquiera sabía cuál era su apellido. Me reí cuando oí su nombre por primera vez. Pensé que se pronunciaba «Beo», y además me pregunté: ¿quién le pondría a su hijo un nombre tan similar a la palabra «bobo»?

—Pero no estás pensando en hacerlo, ¿o sí? —pregunté, devolviéndosela.

Ella se mordió el labio inferior y bebió lo que quedaba de su vodka; luego, tosió un poco antes de volver a tomar otro largo sorbo de la copa que la camarera acababa de traer. Tenía los ojos tan humedecidos por el ardor del alcohol, al cual evidentemente no estaba habituada en tales cantidades ni en tan rápida sucesión.

—No lo sé —dijo y su voz sonó desolada.

Se inclinó y su cabeza se movió de un lado a otro. Me quedaba claro que estaba algo ebria. Pesaba menos que una mosca, y no tenía ni idea de cuánto había bebido antes de que yo la ayudara con ese vodka adicional.

—He escuchado cosas malas sobre lo que ocurre en esas iniciaciones —susurró en voz baja, meciéndose para acercarse a mí—. Cosas que me espantan. Me temo que no podría soportarlo.

Ella sacudió la cabeza y su mirada se volvió distante cuando alcanzó la copa y, de nuevo, volvió a beber hasta dejarla vacía. Sus ojos lucían brillantes y húmedos cuando me miró de nuevo.

—Pero no sé qué otra opción me queda. Ya no tengo a nadie más. Papá ya no está, mamá nos abandonó cuando era niña, mis hermanos son unos imbéciles a los que les doy igual, y ahora que JJ me ha engañado y echado de casa...

Una gorda y hermosa lágrima bajó por su mejilla de

porcelana. Demonios, era hermosa incluso cuando lloraba. No habrían podido elegir a una candidata más perfecta.

Yo me veía fea cuando lloraba. Había pocas cosas sobre mí que pudieran interpretarse como delicadas, y mucho menos elegantes. Pero entendía por qué habían elegido a esta hermosa y delicada mujer para que fuera una bella en el Baile de Medianoche. Honestamente, le estaba haciendo un favor. El mundo destrozaría a una mujer como ella si no levantaba cabeza y se endurecía lo más pronto posible. Alargué la mano y cogí las suyas.

—Abilene, escúchame. Eres una mujer fuerte, tú puedes con esto.

Cuando empezó a negar con la cabeza y otra hermosa lágrima nació y bajó por su mejilla, hice mi jugada. Busqué en mi bolso y saqué los dos sobres de dinero que había guardado en él. Era todo el dinero que tenía en este mundo, pero había que apostar en los grandes juegos, y este era el juego más grande de mi vida.

—Abby, escúchame. Tienes razón. He oído sobre la Orden, las pruebas, y todo lo que se necesita para llegar hasta el final. ¿Y si...? —dije y me interrumpí. Traté de que sonara creíble y natural, como si fuera algo que se acababa de ocurrir y no algo que había calculado durante horas anoche frente al espejo—. ¿Y si nos ayudamos mutuamente?

Ella me miró sin cuidado. El pelo castaño rojizo se le había salido de la coleta y ahora lo tenía por el rostro.

—¿A... a qué te refieres? —Entonces bajó la vista, vio los gruesos sobres y abrió los ojos de par en par. Soltó la invitación y comenzó a tocar el gordo fajo de billetes que había dentro.

—Ahí hay tres mil dólares. Iba a usarlos para mi nuevo comienzo, pero los cambiaría por la invitación que tienes en tus manos.

Ella levantó la cabeza y vi sospecha en su mirada. Extendí las manos y cogí las suyas con fuerza. Hora de la charla personal.

—Cuando vi esa invitación, supe que era el destino lo que hizo que nos encontráramos hoy. ¿Cuál es la probabilidad de que pase algo así? Anoche me puse de rodillas y le recé a Dios por un milagro. Mira, mi madre está enferma. Necesita una operación y estos tres mil dólares no harán nada por ella. Estaba intentando conseguir un trabajo, quizá conocer un hombre, no sé.

Me incliné hacia ella.

—Haría cualquier cosa, cualquier cosa, por mi madre. Nada de lo que esos imbéciles de la Orden puedan hacerme me asustaría. Incluso si solo tengo una oportunidad entre veinte de que me escojan...

Ella abrió los ojos aún más.

—¿Solo hay una posibilidad entre veinte de que te elijan cuando vas allá?

—¿No lo sabías? —Cielos, ni siquiera estaba mintiendo sobre esa parte.

Ella negó con la cabeza, y luego miró el dinero que había dejado en la mesa frente a ella.

—¿Y me darás todo este dinero solo por esa oportunidad?

Yo estreché la mano que seguía sujetando. Logré hacer que se me humedecieran los ojos, algo que Tina había practicado conmigo durante meses antes de que pudiera hacerlo cuando me viniese en gana. Pero ahora era una profesional.

—Por mi madre... —Pestañeé para mantener a raya las lágrimas que venían—. Por mi madre haría cualquier cosa. Lo que sea, ¿me oyes? Te juro que esto es el destino. Creo que todo sucede por un motivo, ¿no crees?

Ella parpadeó. Podía darme cuenta de que estaba a punto de decir que sí, así que continué:

—Piénsalo, Abby. Podrías montarte en el próximo autobús e irte de este pueblo. Podrías empezar desde cero en cualquier lugar que quisieras y convertirte en quienquiera que desees.

Volvió a parpadear, y entonces lo vi. Vi un movimiento de cabeza casi imperceptible. Estaba empezando a visualizar el futuro que le estaba pintando. No tenía ni puñetera idea de si en verdad lo haría, o si solo cogería los tres mil y se iría a gastarlos en una PlayStation y un montón de cosas inútiles, pero, al mismo tiempo, conocía la desesperación cuando la veía. Abby estaba desesperada, y tampoco parecía ser idiota.

Su momento de indecisión no duró mucho tiempo. Como dije, no era una idiota. Agarró el dinero y, antes de que pudiera volver a sollozar, ya había metido los sobres debajo de la mesa y los había guardado dentro de su bolso.

—No sé cómo podría agradecerte esto —empezó a decir efusivamente. Seguidamente empujó la invitación hacia mí y se levantó de la mesa—. Es como has dicho: todo sucede por un motivo. Lo voy a hacer. Gracias... Vanessa, ¿no? Ay, Vanessa, ¡eres mi ángel!

Se dirigió al otro lado de la mesa y me dio un abrazo, pero, como lo haría una mujer inteligente, no se quedó por mucho rato como para permitirme que cambiara de opinión cuando pensaba que se había llevado la mejor oferta. Se largó del bar.

Y yo me quedé mirando mi boleto dorado. Mi entrada. Sonreí, me limpié las lágrimas falsas de los ojos y me incorporé. Era hora de prepararme para el baile de mañana por la noche.

Beau Radcliffe no tenía ni idea de lo que le esperaba.

CAPÍTULO 2

Beau

Siempre me ha gustado jugar con fuego.

Rojo. Caliente. Llamas alcanzando las alturas con una danza caótica.

Por fuera me podrían ver como un hombre de negocios sensato. Sin escrúpulos, poderoso, y alguien con quien nadie querría meterse. Pero, en el fondo, algo ardía en mi interior por la necesidad de sentir peligro, de sentir intensidad; de un infierno del que carecía en mi día a día.

Quizá era por eso que quería formar parte de la Orden. Sí, mi padre, su padre, y las generaciones que vivieron antes de ellos habían sellado mi destino. No podía elegir si quería ser un Radcliffe y encargarme de Joyas e Importaciones Radcliffe o no, pero mi linaje no era la única razón por la que me encontraba de pie en el níveo salón de baile de la Oleander a medianoche.

Quería la capa plateada. Quería ser un miembro. Lo quería y haría lo que hiciera falta para conseguirlo. Sin embargo, nunca lo demostraba. Nunca revelaba las pasiones que ardían en mi interior. Nunca me mostraba de otra forma que no fuera fría y serena en todo momento. Tenía un duro caparazón en el exterior, independientemente del infierno que se cociera adentro.

—¿Estás listo, hijo? —preguntó mi padre cuando se acercó a mí. Llevaba su capa plateada que le identificaba como un orgulloso miembro de la Orden del Fantasma de Plata.

Asentí y bebí. Tuve cuidado de tomar solo un sorbo, pues quería que mi mente estuviese clara y aguda para lo que vendría a continuación.

—Van a intentar llevarte al límite —me advirtió.

—Lo sé —dije—. Estoy listo para ello.

—No puedo hacer nada para detenerlos si las cosas se ponen difíciles, y no puedo intervenir sin importar cuánto querré hacerlo. Lo entiendes, ¿verdad?

Le di una palmada tranquilizadora en la espalda.

—No necesitaré tu ayuda, papá. Creo que he demostrado que puedo arreglármelas solo, y esta iniciación no será distinta de los otros retos que he enfrentado.

Satisfecho con mi respuesta, asintió, me estrechó la mano y se alejó para acompañar a los otros miembros. Yo aproveché la oportunidad para dirigirme al otro extremo del salón y saludar a mis amigos, quienes acababan de llegar.

Cuando Emmett y Walker me vieron, alzaron sus vasos a modo de brindis.

—Por el iniciado —anunció Emmett—. Buena suerte, amigo.

Levanté mi vaso y respondí:

—Gracias, pero no creo necesitar suerte. Solo son un par de pruebas que debo superar, como lo hicieron todos los hombres antes que nosotros. Nos hemos enfrentado a cosas más complicadas en la vida, como ayudar a levantar nuestros imperios y legados.

—No seas tan arrogante —dijo Walker—. Últimamente has estado demasiado ocupado para pasar tiempo con nosotros. No has oído las historias que ha contado Sully. Estas pruebas suenan como algo sacado de una enferma y retorcida peli de miedo.

—No he quedado con ustedes porque me sigo recuperando de la última vez que salimos a beber, cabrones —dije con una sonrisa ladeada—. Esa noche casi me desmayé y tuve una resaca que duró varios días.

Emmett soltó una risa.

—No es culpa nuestra que no aguantes nada.

Tenía razón. Muy rara vez bebía porque no me gustaba perder el control, y siempre que iba a «beber solo una copa» con los muchachos, nunca salía como lo planeaba. Y detestaba las cosas que no salían como las había planeado.

Un hombre con una capa plateada se acercó a nosotros y me llevó varios momentos comprender que la persona que estaba frente a mí era mi buen amigo Montgomery Kingston. El color plateado hacía que tuviera apariencia fantasmagórica; se veía extraño, y, sin embargo, era tan miembro de la Orden como mi padre y el resto de los hombres vestidos de aquel color.

—Apenas te reconozco —le dije.

—Ahora es uno de ellos —bromeó Walker—. Supongo que nos podemos considerar afortunados de que aún pueda hablar con nosotros.

—Como sea, cállense —replicó Montgomery con una sonrisa mientras bebía de su vaso—. Pronto todos tendrán sus mantos plateados.

—A menos que nos pase lo de Sully —interrumpió

Emmett, y luego le preguntó a Montgomery—: ¿Cómo le va a Rafe en su iniciación?

También tenía curiosidad por saber eso. Rafe y yo solaparíamos nuestras iniciaciones por un corto tiempo durante mi estadía. No tenía idea de si nos veíamos o no, pero sí me daba algo de tranquilidad saber que no estaba totalmente solo en la Oleander.

—Le va tan bien como le puede ir a uno en la mansión —dijo Montgomery, y me di cuenta de que esa era toda la información que recibiríamos. Lo comprendía. Sabía que Montgomery estaba debatiéndose entre ser un miembro de la sociedad y ser nuestro amigo.

—¿Estás nervioso? —me preguntó Emmett al mismo tiempo que yo enfocaba la vista en el blanco reloj de péndulo y veía que la medianoche se estaba aproximando. La ceremonia comenzaría pronto.

Me encogí de hombros y lentamente moví la cabeza de un lado al otro.

—Lo único que me preocupa es mi empresa. Aunque mi padre ha sido el director general, he sido yo el que ha tomado el mando en el día a día desde el año pasado. Me preocupa qué tanto podré trabajar mientras esté encerrado aquí. No quiero salir en 109 días y ver que Joyas Radcliffe está en ruinas.

Walker bufó.

—No creo que tengas que preocuparte por J&IR. Cuando tienes cuevas de diamante, ya se alcanza un nivel completamente diferente que los demás. Creo que tienes el lujo de tomarte un tiempo libre sin tener que preocuparte por las ganancias. No te veo terminando en algún hospicio en el futuro cercano, niño rico.

—Estoy de acuerdo —dijo Montgomery—. Como alguien que intentó trabajar todo el tiempo durante su iniciación, puedo decirte que tratar de centrarse es complicado. Este sitio va a drenarte mucho. Y no es solo eso por lo que tienes que preocuparte, sino que tu bella también va a consumir cada minuto del día mientras estés aquí.

Solté un hondo suspiro, pues me di cuenta de que la alusión a una bella no me sentaba bien. No me gustaba tener novias porque no tenía tiempo, y tampoco quería nada —en especial energía femenina—, que añadiese caos a mi orden. Comprendía que tendría que trabajar con una compañera de equipo, pero aquello no era algo que esperara con ansias. Me gustaba hacer tareas difíciles por mi cuenta. Yo era un artista en solitario. Yo, yo y nadie más que yo. Así funcionaban mejor las cosas.

El reloj marcó la medianoche y los ancianos sacudieron sus bastones contra el níveo suelo de mármol con un ceremonioso ritual que había presenciado tres veces por mis amigos, quienes habían tenido la buena suerte de pasar por esto antes que yo. Dejamos nuestras bebidas y nos preparamos para la siguiente fase de la noche.

La campanada del reloj adoptó el mismo ritmo que los bastones, y el *staccato* ensordecedor se convirtió en el único sonido del salón. Nadie habló, nadie se movió. Los Ancianos habían capturado la sala.

—Traigan a las bellas —exclamó uno de los ancianos luego del duodécimo impacto de su bastón.

Y entonces comenzamos.

Emmett y Walker se posicionaron a mis costados en el centro del salón. Nos paramos firmes y aguardamos. Habíamos hecho esto mismo antes, así que no sentía que estuviese yendo a ciegas, lo cual ayudaba mucho. Así era como funcionaba yo: planificaba cada movimiento que hacía en la vida, y saber lo que ocurriría me permitía conocer lo que haría por adelantado.

Me pregunté si Emmett y Walker estarían igual de impacientes por terminar con su iniciación. Creo que esta era la peor parte; ver que Montgomery, Sully y Rafe pudieron empezar antes que yo. Nunca fui un hombre paciente y este proceso había sido lento y doloroso. Quería seguir adelante con mi vida y encargarme de Joyas e Importaciones Radcliffe para que fuese más exitoso de lo que nunca antes había sido.

Cuando los bastones se detuvieron y alcanzamos la medianoche, el salón se quedó en silencio hasta que el ruido de unos tacones acabó con el callado y tóxico ambiente. Veinte mujeres jóvenes entraron en una única fila. Observé a cada una mientras desfilaban en el salón que se las tragaría enteras si se lo permitieran. El níveo salón de baile era todo menos puro; esta gran sala guardaba secretos de libertinaje, actos malvados, miedos hechos realidad, y supuraba lujuria. En la superficie parecía opulento y lleno de elegancia, pero en las sombras de cada grieta acechaba la oculta realidad.

Sabía que tenía 109 días para descubrir todas las verdades que estaban enmascaradas con un antifaz de oro.

A medida que las bellas, dando un pequeño paso a la vez, entraban al salón, se posicionaron en una fila frente a nosotros. Eran tan hermosas como supe que lo serían. Largos vestidos de todos los colores y telas envolvían sus delicados cuerpos, y me recordaron a princesas que estaban a punto de conocer a su príncipe.

A pesar de que era todo menos un príncipe.

Muchas de ellas llevaban tiaras o aretes hechos de piedras de valor inestimable, y cada una usaba un collar de perlas Radcliffe. Había sido el regalo de mi familia por generaciones. Ofrecíamos las blancas perlas para que fuesen el foco principal de la ceremonia de la noche.

Sabía que no tenía mucho tiempo antes de que esperaran que eligiera una bella, así que observé con detenimiento a cada una con tanta prontitud como pude. Las pobrecillas estaban aterrorizadas, podía verlo en sus ojos y en sus labios temblorosos. No podía culparlas de eso, y siendo honesto, yo tenía más ventaja porque sabía con exactitud lo que sucedería a continuación; pero estas desdichadas almas no tenían ni idea.

Pensaban que estaban a punto de tener la oportunidad de lograr su sueño más grande, cuando, en realidad, estaban a punto de entrar a su peor pesadilla. O por lo menos la bella que yo seleccionase.

Y entonces la vi.

Supe de inmediato a quién elegiría y la razón detrás de esto.

Cabello rojizo. Mi propio fuego personal con el que tanto me encantaba jugar. Rojo. Tenía un tipo de mujer, y mi tipo era ella. Mi debilidad eran las bellezas pelirrojas, y dado que era la única bella que tenía una característica semejante, sería mía.

—Muestren a las bellas —exigió el anciano con un movimiento de su bastón.

Otro anciano comenzó con la procesión de las bellas conduciendo la fila por todo el salón. Hizo que caminaran primero frente a los ancianos encubiertos por señal de respeto, luego frente a los miembros, y por último frente a nosotros. Repitieron esto tres veces, dando vueltas en la sala con una rara repetición que era simbólica de la locura perpetua de estos rituales. Una y otra vez, hacíamos lo mismo.

Solo había ido a tres iniciaciones, y me pregunté qué sentirían los miembros al ser testigos de la misma exhibición de las bellas como si fuera un disco rayado. Una y otra y otra vez.

Traté de mirar a mi padre de reojo para ver si podía leerle los pensamientos. ¿Estaba aburrido? Él era muy parecido a mí... o yo era muy parecido a él. Su paciencia siempre estaba por agotarse, y cuando quería que algo estuviese listo, lo quería para ayer. El tiempo era valioso para los Radcliffe; no nos sobraba demasiado y, aun así, nunca se perdía un evento en el que asistieran los miembros. Participaba como lo haría un hombre diligente. Tal vez sentía que cada prueba era digna de su atención, y esperaba sentirme igual.

Cuando la mujer pelirroja pasó por mi lado, quise estirar la mano y cogerla por el brazo, anunciando que había elegido para así poder continuar con la noche. Podría acelerar este proceso si me lo permitieran..., pero sabía que no harían, así que me comporté por más difícil que fuera.

Sabía que cada bella provenía de una situación complicada, lo cual era una forma bonita de decir que eran pobres. Necesitaban que las seleccionaran casi tanto como requerían respirar. Sin embargo, la bella pelirroja con el vestido verde azulado parecía no necesitar a nadie en absoluto. Mantenía su cabeza en alto, los hombros rectos, y podría haber pasado por la socialité más sofisticada y preparada en el pueblo de Darlington.

Podía visualizarla perfectamente cogida de mi brazo en fiestas elegantes, interactuando con personas ricas y poderosas y capaz de defenderse sola. Quedaba claro que sabía cómo desempeñar su papel.

—Beau Radcliffe —bramó el anciano, sacándome de mis pensamientos—. Es hora de que escojas a la bella.

El anciano que estuvo guiando la procesión de las bellas se acercó a donde yo estaba y abrió la palma de su mano.

Supe que sostenía un lazo de seda negro sin siquiera tener que mirar.

Cogí la cinta, pues estaba más que preparado para poner esta fiesta en marcha. Mi necesidad de actuar de forma más eficiente me hacía sentir picazón y ansiedad. Claramente no era un hombre que estuviera hecho para rituales. Entonces me dirigí a la fila de mujeres e hice lo que se llamaba el «toque de las perlas». Una por una, me aproximé a cada mujer y toqué brevemente el collar de perlas que traían puesto. Quería ir directo con la pelirroja, pero ella era de las últimas y tenía que pasar por este escalón innecesario.

Ni siquiera me molesté en mirar de cerca a cada bella. Pasé las yemas de mis dedos fugazmente por las perlas y proseguí con la siguiente. Por lo menos debería admirar la artesanía de la compañía familiar, pero ni siquiera quería hacer eso.

Y entonces por fin alcancé a la bella con el cabello rojizo. Dios mío, sí que olía bien: flores combinadas con especias.

Percibí un sentido de familiaridad al estar cerca de ella. ¿Conocía a esta mujer de antes? Analicé su rostro como si lo hubiera visto; como si lo conociese. Era bastante bueno con los nombres y rostros, así que era muy poco probable que olvidara una cara como la suya. Era extremadamente sensual, y estaba muy seguro de que nunca olvidaría a una mujer como ella si en verdad la hubiera conocido antes. Pero, aun así... Había algo en sus profundos y verdes ojos, en sus provocativos labios...

Hizo contacto visual conmigo cuando acaricié sus perlas. Era una pena que estuviera a punto de destruir un collar que costaba más de lo que algunas de estas mujeres ganaban en todo el año, pero así era la costumbre de la Orden. Romper el collar era un acto para demostrar lo sencillo que era para la Orden del Fantasma de Plata darte riquezas para después quitártelas. Tenían el poder de darte todos tus sueños, pero también poseían el mismo poder para destruirte con mucha facilidad.

Con un movimiento de mi muñeca, arranqué el collar de su suave piel y oí su quedo jadeo cuando lo hice. No quise gastar más tiempo, pues ya había transcurrido bastante en un ritmo agonizantemente lento, así que reemplacé las perlas con el lazo negro.

Esperaba que estuviera lista para danzar con el fuego.

Y entonces oí las palabras que estuve esperando toda la noche:

—Beau Radcliffe, ¿has elegido a tu bella para la iniciación?

Me aparté de la bella que estaría a mi merced durante 109 días y dije:

—He elegido a mi bella.

CAPÍTULO 3

Abilene

Él me eligió, por supuesto. Su debilidad eran las pelirrojas, y yo era la única en la sala. Además, esta no era la primera vez que me había elegido de entre las otras mujeres presentes. No, Beau Radcliffe tenía una preferencia, y había tenido la impresión de que era la clase de hombre que no se resistiría si se lo ofrecieran en una linda y brillante bandeja. Incluso me había puesto joyería de cristal en el peinado para resaltar mis indómitos mechones.

Una noche, hace no mucho, ese hombre había contado las pecas en mi rostro con su lengua. Me pregunté si estaría dispuesto a repetirlo esta noche cuando me llevara por las escaleras con su mano en la parte baja de mi espalda.

Sentí un escalofrío por la columna vertebral al pensar en su roce, lo cual era ridículo. Tina hubiera soltado un bufido. No apegarse a nadie era su regla número uno. A pesar de que la confianza en mí misma estaba regresando, fue solo cuando las perlas hicieron impacto contra el suelo que me permití soltar un suspiro de alivio.

Llegar hasta aquí no fue tarea fácil. Tuve que buscar a Abilene en las páginas blancas para hallar su dirección e interceptar la limosina que sabría que volvería a buscarla al otro día. Y esa información había provenido de una antigua aspirante a bella que estaba tanto resentida por no haber sido elegida como encantada de hablar luego de un par de copas y una propina de mil dólares. Estaba en un receso de su rutina de danza exótica y había abierto los ojos de par en par cuando saqué el dinero.

Si esto era lo que les pasaba a las bellas que no elegían, entonces tenía mucha más determinación para que me seleccionaran. Así que me arreglé como Tina solía hacerlo siempre cuando me usaba como carnada para robar billeteras en los clubes: maquillaje con ojos difuminados de negro y labios rojos con un toque de brillo. Me hice rizos en el cabello y los acomodé por encima de mi cabeza, ya que era el rasgo que sabía que necesitaría acentuar para esta audiencia particular.

La limosina apareció, yo salí del arbusto que estaba al lado de la casa de Abilene, donde había estado arrodillándome, y me metí por la puerta trasera como si me hubiera subido a limosinas toda mi vida. El conductor no dijo ni una palabra, solo se limitó a abrir la puerta. Si se dio cuenta de que no era la misma mujer a la que había presentado la invitación el día anterior, no comentó nada. Por otro lado, ni siquiera me había echado un vistazo. Me preguntaba cuántos viajes en limosina había hecho y cuántas mujeres había visto en su ida.

Había atravesado la puerta —lo cual había sido la primera parte. Luego padecí la examinación médica, obré mi magia y listo, heme aquí, subiendo las escaleras con mi codiciada presa. Siempre conseguía a mi objetivo. Siempre.

Me incliné justo cuando Beau y yo alcanzamos la parte superior de las enormes escaleras.

—No me recuerdas, ¿verdad?

Casi falló el último peldaño por volverse violentamente a mirarme, y yo le sonreí con timidez. No había tiempo para charlas triviales, y lo sabía. Los aterradores ancianos con sus capas plateadas nos presionaban desde todos los flancos y a nuestras espaldas.

Pero definitivamente había captado la atención de Beau. Tenía los ojos fijos en mí y no al frente mientras caminábamos brevemente por el pasillo y luego entrábamos a una habitación con una cama con dosel y muebles antiguos. Beau apenas me había mirado tras romper el collar de perlas en mi cuello, pero ahora tenía su atención.

Se inclinó hacia mí y extendió la mano, abriéndome toscamente el corpiño del vestido mientras me susurraba al oído:

—¿Qué quieres decir? ¿De qué te conozco?

El escalofrío de antes bajó hasta los dedos de mis pies frente a su tosco trato con mis... prendas. Quiero decir, cielos, ¿quién no había oído de los hombres que arrancaban la ropa? Pero experimentarlo de verdad... Pestañeé, avergonzada del rubor en mis mejillas mientras trataba de volver a la normalidad.

Se suponía que era yo la que tenía el control, no él. Era hora de desequilibrarlo nuevamente.

—Nos conocimos un día en un bar. Incluso me llevaste a mi casa.

Él enarcó una ceja, se quitó el saco con un movimiento de hombros y lo tiró al suelo; luego continuó desabotonándose el traje con mano hábil. Uno por uno, los botones se abrieron y exhibieron su pecho. No llevaba puesta camiseta por debajo. ¿Era eso porque era un hombre al que le gustaba la costosa tela de su camisa de vestir de seda contra su piel y podía permitirse los costos de tintorería? ¿O era porque estaba impaciente por ir a lo suyo luego de la selección?

¿Había estado deseando esta parte? ¿La de follar una mujer desconocida que le había dado su espeluznante sociedad secreta como una rosa cuyos pétalos podía arrancar?

Pensé en la pequeña y tímida Abilene, la Abilene real, de pie en mi lugar.

Beau Radcliffe se la hubiera comido viva y luego la hubiera escupido.

¿Pero a mí? Él no era nada que yo no hubiera visto antes. Era un arrogante niño rico, y abundaban los de su calaña en Atlanta.

Me reí entre dientes y me bajé el vestido por completo hasta quedar libre; luego, me quité las demás prendas y quedé de pie frente a él totalmente desnuda. Puse las manos en mis caderas mientras él terminaba de desvestirse.

Se detuvo cuando me vio desnuda y prácticamente desafiándole. Pero aún no sabía a qué lo estaba desafiando.

Pensó que estaba en una prueba para los Ancianos. El hombre no tenía ni la más mínima idea.

Estaba jugando a mi juego.

—¿Aún no me recuerdas? —le pregunté—. ¿Te suenan mis tetas?

Sujeté mis pechos copa C sensualmente y él entrecerró los ojos.

—Todas las tetas me parecen iguales. Lo siento, preciosa.

Batí las pestañas.

—Me doy cuenta de que me he encontrado con un verdadero caballero, ¿eh? —Y entonces me abalancé hacia él, envolviendo mis brazos y piernas a su alrededor para luego aterrizar en la cama que estaba a sus espaldas.

No lo besé, pues recordaba bien que tenía un problema con eso. Sí, un tipo que no quería besarme después de haber ido a casa conmigo me había disparado las alarmas, pero follaba bien, y ambos habíamos estado conscientes de que aquella noche no fue más que eso.

Hasta un par de meses después, cuando me enteré de su nombre. Había follado con Beau Radcliffe. El mismísimo Beau Radcliffe, el heredero de la fortuna de diamantes Radcliffe. También recordaba muy bien dónde encontrarlo. Y es que esa noche en la que nos habíamos acostado estaba borracho. Muuuuuuy borracho. Tan borracho que, a pesar de sus «reglas», casi me besó dos veces antes de detenerse en el último momento.

Pero había algo con lo que no se había detenido, y eso era parlotear sobre que su amigo estaba pasando por su iniciación en la Orden y toda la mierda retorcida que le estaba ocurriendo allá. También que seguía él. Pensé que no eran más que sinsentidos.

No pensé mucho al respecto cuando se fue a la mañana siguiente antes de que yo despertara sin dejar ninguna nota ni número telefónico. No era más que otro imbécil que había salido por esa puerta. Hasta nunca. ¿Que había sido el mejor sexo de mi vida y no me habría importado una repetición? Sí, había sido el mejor sexo, y no, no me habría importado acostarme con él en cualquier otro momento. Pero no si era un cabrón que no podía apreciar el valor de una mujer hermosa, autosuficiente y genial como lo era yo; así que me olvidé de él y de esa noche.

Entonces descubrí quién era. Y ya que las circunstancias eran las que eran, decidí usar parte de mis habilidades autosuficientes y geniales que había adquirido a lo largo de los años para hacer que esta pequeña reunión fuese posible.

Cuando salté sobre él y lo tumbé a la cama, sin duda sobresaltándolo a muerte, todo lo que pude pensar era «sí, valió la pena». Sin embargo, esta no era la única razón por la que estaba aquí; aunque el sexo con el guapo Beau Radcliffe definitivamente fuese una ventaja.

«Céntrate», susurró la parte cuerda de mí en el fondo de mi cabeza cuando aterricé sobre el firme cuerpo de Beau e inmediatamente bajé la cabeza para chupar su hirsuta y masculina garganta.

Su pene cobró vida de inmediato por debajo de mí.

«¡Oh, hola, hermoso! Mamá te ha echado de menos». Sonreí de oreja a oreja y no vacilé en estirar la mano y sujetarlo por lo largo. ¿A quién quería engañar? Yo era una chica que se divertía con lo que podía —mi lema siempre había sido «agarra a la vida por las pelotas antes de que ella te agarre a ti». Así que me rendí a mi lujuria en aumento y estrujé su pene como lo había soñado desde que estuvimos por última vez en mi cama.

Oí el sonido de pies a nuestro alrededor. Nunca había sido exhibicionista. Ni siquiera había hecho un trío. Tina lo había intentado —mejor dicho, su novio Mick lo había intentado—, pero ese era un límite que nunca cruzaría.

Pero no podía importarme menos ver a estos vejestorios sacándose los penes y masturbándose al verme tocar el miembro de Beau y pasarlo entre los labios de mi sexo.

Dios mío, no me había acostado con nadie en mucho mucho tiempo. Demasiado tiempo, a juzgar por la forma en que mi querida cobró vida como si hubieran encendido la electricidad luego de un corte.

Empecé a mover las caderas mientras trataba de hacer que entrara en mí, y por fin se puso al día con lo que estaba

sucediendo, pues llevó sus manos rápidamente a mis caderas. Y entonces, antes de que pudiera sentarme en él, solté
un gritito, pues Beau me levantó, me sujetó con un brazo y
luego nos dio la vuelta para que su cuerpo quedara por
encima del mío.

Jadeé y alcé la vista para encontrarme con sus transparentes y penetrantes ojos. Beau Radcliffe, a pesar de su sere-
nidad y frialdad externa, no era un hombre al que le
gustaba que le sorprendieran.

—Hablamos después —fue todo lo que dijo con un
movimiento de ceja en señal de advertencia. Luego inclinó
la cabeza y llevó los labios a mi oído.

Me estremecí al sentir su cálido aliento acariciándome
la oreja; sus labios rozaban mi lóbulo al mismo tiempo que
pasaba su miembro por los labios de mi húmedo sexo.

—Chasquea los dedos si quieres que me detenga,
porque tienes una gran boquita y no voy dejar que ninguna
otra palabra se escape de ella frente a todos los presentes.
Asiente si me entendiste.

Sonreí de oreja a oreja, y mi sexo se contrajo al oír su
tono decisivo. Aun así, no asentí.

—Sí, señor —dije en su lugar, sonriéndole atrevidamente.

Ah, eso lo había puesto como loco. Y entonces metió los
dedos en mi boca; unos dedos gruesos y masculinos. Era
muy sensual, en especial porque por fin, por fin estaba
hundiéndose en mi interior con ese increíble y glorioso
pene.

Abrió las paredes de mi sexo mientras me penetraba.
Abrí la boca, extasiada al sentirlo llevándome a mis límites.
Tenía el miembro muy grueso. No debería ser legal que un
hombre lo tuviera tan grueso y largo. Debería ser o uno u
otro. Ay, joder, ¡estaba entrando más!

Me aferré a las sábanas y aguanté. Cerré la boca con sus dedos dentro y empecé a chuparlos mientras me contraía con su grosor invadiéndome. Dios mío, se sentía muy bien. Había olvidado lo bien que se sentía. Sabía que era bueno, pero esto era...

Mi primer orgasmo entró en erupción como un terremoto repentino e hizo que mi cuerpo se estremeciera y temblara con las réplicas, las cuales, después, comenzaron a convertirse en un segundo clímax. Fue entonces cuando Beau clavó los ojos en los míos y me reconoció. Seguía siendo un reconocimiento confuso; quedaba claro que no recordaba mucho de aquella noche, pero había algo que atravesó la niebla. Me habría reído si no estuviera en el precipicio de otro superorgasmo.

Beau Radcliffe podía hacer que tuviera orgasmos de otro mundo una y otra y otra vez. Era obsceno. No sabía qué demonios era lo que tenía. Desde luego, nunca me había pasado con nadie antes de él, y después de él... bueno, no le veía mucho sentido a ir a bares luego de que hubiese puesto el listón tan alto.

Pero yo también tenía cosas que hacer. Iba a ponerme a ello, de verdad. No me había quebrado frente a todos los demás hombres. Eso no.

Dios mío, estaba empezando otra vez. Estaba subiendo en una ola, montándome cada vez más arriba...

Beau movió la mano que no estaba en mi boca, se apoyó con el codo y me sujetó la cadera de esa manera en la que hacen algunos hombres... Bueno, no algunos, sino Beau y nadie más. Me sujetó la cadera de esa manera en la que hacía Beau: moviéndome hacia su pene y aferrando mis caderas como si no pudiera cansarse de mí; como si estuviera tan obsesionado con mi cuerpo en ese momento y...

—¡Dios mío! —grité mientras me corría, y apreté a Beau con tanta fuerza que él también empezó a gemir.

Verlo perder el control fue lo más descabellado que había visto. Él era un dios; normalmente se contenía tanto y ahora por fin se había desatado. Hundí las uñas en su espalda y subí las piernas para que estuvieran en sus caderas. Más, necesitaba más de él. Necesitaba que estuviera más cerca de mí. Lo necesitaba más profundo, tan profundo como pudiera entrar.

Su cuerpo estaba impaciente por ayudarme, pues sus manos en mi cadera me acercaban hacia él mientras él me embestía para tocar fondo. Tenía el ceño fruncido con una expresión que parecía de placer, dolor y éxtasis a medida que, por un momento, por el más fugaz de todos, se perdía a sí mismo y se vaciaba en mi interior.

A nuestro alrededor, los bastones hacían impacto contra el suelo, y era como si nuestro clímax hiciera eco en la habitación.

CAPÍTULO 4

Beau

Nunca antes había vivido con una mujer. Además de la escapada ocasional de fin de semana, nunca había pasado más de una noche seguida con nadie más. Habituarse a compartir el mismo espacio con otro ser humano probablemente sería más complicado que cualquier cosa que me ordenaran hacer los ancianos.

Nunca había sido de los que son amables con los demás, y hacer nuevos amigos no era una habilidad que tuviera. Pero, por desgracia, esperar a Abilene mientras miraba la puerta cerrada del baño para poder ir a desayunar en el comedor ya estaba poniendo a prueba mi paciencia. Casi había completado los pasos que debía dar al día solo por caminar de un lado al otro en la habitación mientras desgastaba la costosa alfombra oriental que estaba en el piso.

Toqué a la puerta y dije:

—¿Abilene? ¿Está todo bien?

—Sí, salgo en un segundo —respondió.

—Le dije a la señora H que bajaríamos a esta hora. Ya llevamos cinco minutos de retraso.

Detestaba llegar tarde. Una de mis manías más grandes en la vida eran las personas que llegaban con retraso. Llegar tarde quiere decir que piensas que tu tiempo es más valioso que el de los demás. Siempre que conducía entrevistas para empleados nuevos en Radcliffe, si estos no llegaban diez minutos antes, ni siquiera me molestaba en perder mi tiempo con una entrevista. Llegar tarde era equivalente al despido. Todos sabían lo que esperaba, y la impuntualidad era un factor decisivo.

Oí el grifo abierto, el sonido de la cadena siendo tirada, y entonces, por fin, apareció Abilene.

—Cielos, ¿por qué la prisa? —preguntó, acomodándose el cabello cuando salió. El secador de pelo había estado funcionando por tanto tiempo que pensé que era imposible que hubiera algo más que acicalar.

Aunque, en verdad, se veía mucho más lozana y amigable que anoche. Después de todo, esa noche parecía una estela de locura, y ya estaba intentando apartarla de mi mente. También estaba vestida de forma mucho más casual. En vez de llevar un vestido largo y una tiara, llevaba puestos una camiseta rosa y un par de vaqueros. Era simple, pero seguía viéndose hermosa. Su larga cabellera rojiza le caía por la espalda, e hice todo lo que pude para no observar las pecas que sabía que tenían el poder de acabar conmigo.

—¿Estás bien?

Asintió y se puso los zapatos.

—Estoy bien. Solo... nerviosa.

Su respuesta tenía sentido. ¿Quién no lo estaría? Habría puesto en duda su inteligencia si no se sintiera así. Apenas habíamos hablado desde que tuvimos sexo frente a un montón de hombres en túnicas, y la palabra «incómodo» se quedaría muy corta.

Nos dirigimos al comedor y nos sentamos frente a frente en absoluto silencio. Me alegré cuando la señora H entró en la sala y acabó con la dolorosa falta de ruido que casi nos sofocaba.

—Buenos días, queridos. Espero que tengan mucha hambre, le he pedido al chef que hiciera un desayuno digno de reyes.

—Gracias, señora H —dije—. No soy una persona que suela comer mucho en el desayuno, pero por respeto hacia ti, me comeré lo que sea.

—Sí, gracias —añadió Abilene.

La señora H salió y el silencio regresó. Supongo que pude haberlo dejado así, pero, al mismo tiempo, serían unos atroces 109 días si no aprendíamos, por lo menos, cómo hablar con el otro. Pero también tenía la sensación de que eso requeriría que yo diera el primer paso.

—Estaba pensando que tú y yo podemos discutir algunas reglas —empecé la conversación de la misma manera en que habría empezado cualquier reunión con mis colegas detrás de una mesa de conferencias—. Quizá podemos hacer un contrato con el que ambos estemos de acuerdo para que estemos en la misma sintonía. Así ninguno de los dos correrá el riesgo de irritar al otro, y podremos tener una relación de negocios exitosa.

—¿Contrato? —bufó, alzando una ceja—. Me hace gracia que no hayamos necesitado un contrato la primera vez que nos conocimos.

Y allá vamos de nuevo. Esperé que pudiéramos pasar por alto el hecho de que una vez conocí a esta mujer y que incluso tuve mi pene enterrado en ella. No podía recordar con exactitud de dónde la conocía, y no quería herir sus sentimientos. Yo desde luego no quería dar la impresión de ser el imbécil que sentía que era.

—No me recuerdas, ¿o sí?

Estupendo. Podía leerme la mente.

—Déjame refrescarte la mente —dijo—. El bar Moody hace un par de meses. Tú y yo nos enrollamos. Fue por una noche, pero definitivamente la vivimos al máximo.

Y ahí estaba. Sí... ahora la recordaba. O tanto como podía hacerlo en aquella noche de alcohol de la que, con toda seguridad, me arrepentía. Haber ido a la cama con una mujer que apenas recordaba... Normalmente no hacía este tipo de cosas, y ahora mi error de una noche estaba aquí persiguiéndome.

—Lo siento. Esa noche bebí mucho —dije en voz baja, avergonzado de que aquellas palabras tuvieran que salir de mis labios siquiera. No era un alcohólico ni un estudiante universitario que tomaba tragos de embudos de cerveza. Me enorgullecía de ser más maduro de lo que parecía por mi edad y, aun así, claramente había hecho una acción juvenil que consideraba nada digna de mí.

Ella se encogió de hombros.

—Ambos bebimos mucho. Las cosas como son.

—¿Se conocen? —preguntó la señora H cuando entró a traer nuestra bandeja con el desayuno. Era obvio que había escuchado el final de nuestra conversación.

Sentí que mi rostro se encendió. Odiaba que la señora H hubiera oído lo que estábamos discutiendo, y no podía hacer nada más que ponerme recto y tratar de aparentar que no era nada de otro mundo.

—Realmente no.

La señora H fulminó a Abilene con la mirada, había escepticismo en sus ojos. Abilene se movió en su asiento y extendió la mano para coger la servilleta.

—Nos conocimos una vez en un bar. Pensé que la reconocí cuando la vi anoche en el salón de baile —añadí.

—Queda claro que tienes un tipo de mujer que prefieres —dijo Abilene, quien volvía a verse pálida mientras la señora H la observaba.

—Mmm —dijo la señora H, y entonces volvió su atención a mí—. Disfruta tu desayuno.

Entonces se dio la vuelta sin decir más.

—No creo agradarle —musitó Abilene y se llevó a la boca un trozo de huevos.

—A la señora H le lleva un rato encariñarse con las personas. Pero cuando lo hace, te querrá por siempre. Es una buena persona y podría cuidarte las espaldas.

—Puedo cuidar mis espaldas por mi cuenta, gracias.

Agradecido de que la señora H hubiera cambiado la conversación sobre que habíamos tenido sexo antes y que apenas podía recordarlo, decidí controlar la mañana lo mejor que podía para no tener que desviarnos a ese tema nuevamente.

—Entonces, respecto a ese contrato... —dije a medida que me incorporaba y abría varios cajones de los aparadores y mesillas hasta que encontré un bolígrafo y un cuaderno, tras lo cual volví a sentarme y me preparé para escribir mientras le daba un sorbo a mi café—. ¿Qué reglas te gustaría que tuviera?

—¿Reglas? —preguntó con la boca llena.

—Sí, reglas. Por ejemplo, nuestra distribución para dormir. Anoche ambos dormimos en la cama, ¿pero estás bien con que eso continúe?

—¿Tengo más remedio? No es que podamos dormir en habitaciones separadas o algo similar.

Pude haberme ofrecido a dormir en el suelo, pero la idea

de hacer algo así sonaba terrible, y no tenía problema en dormir a su lado si ella tampoco lo tenía.

—Bien —dije, y empecé a apuntar en el papel—. Estamos de acuerdo con que dormiremos juntos en la misma cama. —La miré—. No me gusta abrazar.

—A mí tampoco —dijo con una sonrisa socarrona mientras alzaba su vaso de zumo y se lo bebía.

—Vale, ¿y respecto al sexo?

—¿Qué quieres decir? Estoy bastante segura de que se esperará que tengamos sexo mientras estemos aquí. Y mucho, según lo que he oído.

—Me refiero a cuando estemos solos en la habitación.

Ella dejó de comer y clavó los ojos en los míos.

—Por como lo veo, nuestra habitación no es diferente que el resto de la mansión. El sexo está en la mesa. Es lo que hay.

—Vale, es lo que hay —coincidí, y me di cuenta de que su indiferencia con el asunto era extrañamente refrescante, y también hacía que saltaran algunas señales de alarma. ¿Por qué no le importaba si teníamos sexo o no?

—¿Y tú? —me preguntó—. ¿Quieres tener sexo cuando no nos estén obligando?

Me encogí de hombros, bajé la vista al papel y comencé a escribir.

—Solo apuntaré que a ninguno de los dos nos importa de una forma u otra si tenemos sexo o no en la habitación. Si pasa, pues pasa. —Levanté la vista para mirarla—. ¿Tienes algún límite estricto sobre lo que no harás?

Se quedó callada por varios minutos mientras observaba mi rostro.

—¿Los tienes tú?

Detestaba cuando la gente respondía una pregunta con otra pregunta, pero decidí proseguir y responderla.

—No me gusta besar. Los besos son para el amor y las emociones. Cambian las cosas y podrían hacer que nuestra situación se vuelva complicada. Prefiero manejar mis negocios de la forma más neutral y ordenada que pueda.

Ella me dedicó una sonrisa ladeada y asintió lentamente.

—Sí, recuerdo eso de nuestra primera vez. No se permiten besos. Lo comprendo.

La hice enfadar. Pude verlo por la manera en la que se puso rígida y su mandíbula se tensó. Pero también pude ver que era muy hábil manteniendo la calma. Me gustaba ese hecho porque, para superar estas pruebas, necesitaríamos exactamente eso.

—No tengo ningún límite —dijo—. Espera... sí que lo tengo. No puedes orinarte o cagarte encima de mí ni nada parecido.

Me reí entre dientes.

—Es justo. —Lo apunté en el contrato, pero no pude dejar de sonreír mientras lo hacía.

—¿Haces esto con cada mujer con la que estás? —preguntó—. ¿Primero haces un contrato?

Terminé de escribir y alcé la vista para mirarla mientras probaba mi primer bocado del desayuno.

—Creo que ambos coincidimos en que nuestra situación es distinta que la de una relación normal. No es como si hubiéramos elegido esto.

—Pero sí lo hicimos —replicó—. Tú sí. Me elegiste, y dos veces. —Su sonrisa socarrona había vuelto.

Suspiré mientras terminaba de masticar, y pude ver con claridad que Abilene no iba a olvidarse de aquella noche en el bar. Tendría que coger el toro por los cuernos me gustara o no.

—Con respecto a esa noche... Me gustaría disculparme.

Estoy seguro de que no haberte llamado después de... —Me aclaré la garganta—. Por lo general no tengo rollos de una noche. Esa noche había salido con mis amigos, bebí demasiado, y lamentablemente no actué como suelo hacerlo. Me disculpo si piensas que no te valoré lo suficiente para recordarte. Ese no es el caso. No recuerdo muchas cosas de esa noche.

Ella ladeó la cabeza y se limitó a observarme.

—No esperaba nada más que un polvo. No te preocupes. —Me sonrió mientras bebía lo que quedaba de su zumo—. Pero gracias por disculparte por olvidarme. Tengo que decir que el hecho de que no me recuerden es una experiencia nueva para mí.

Eso sí lo creía. Volví a bajar la vista al contrato luego de probar el tocino. Entre cada bocado, le pregunté:

—Entonces, ¿hay algo más que te gustaría agregarle al contrato?

—Quiero llegar hasta el final —afirmó simplemente—. Tengo la intención de conseguir lo que quiero y por lo que vine.

Asentí.

—También yo.

—Como has dicho antes —dijo ella—. Esto es un negocio. Quiero la paga al final.

—No te culpo. Podría cambiarte la vida.

—Sí, podría.

—Voy a añadir algo al contrato —dije, escribiendo—. Necesito estar solo desde las nueve hasta las cinco. Tomaré un descanso para almorzar, pero tendré que trabajar. No puedo hacerme responsable de tu entretenimiento.

—¿Y qué se supone que haga, exactamente?

Esa era una pregunta honesta y razonable. Yo desde

luego no sabría qué hacer por 109 días si no tuviera trabajo con el que mantenerme ocupado.

—Piensa en lo que quieres y yo lo arreglaré todo para conseguírtelo. ¿Tienes alguna afición? ¿Algunos libros que te gusten? Lo que sea que quieras y necesites, puedes pedírmelo.

—¿Cualquier cosa? —Sus ojos se ensancharon.

—Cualquier cosa —precisé.

—He oído que las pruebas no son sencillas —dijo en voz baja.

—Eso es quedarse corto. Van a intentar presionarnos para que nos demos por vencidos pronto. Van a humillarte y tratarte como ninguna mujer merece ser tratada, y van a llevar mis principios morales al extremo de lo que podría soportar.

—No me importa —dijo—. No renunciaremos pase lo que pase.

Me incliné en mi silla y observé a la mujer que tenía enfrente. Vaya determinación. Vaya intensidad. Y, por primera vez desde que la elegí, de verdad creí que podría ser la indicada. Parecía tener ese espíritu de lucha y agallas que necesitábamos para ganarles a los Ancianos en este retorcido juego.

—Espero que lo digas en serio —dije—. Quiero esto con tantas ganas como tú. El imperio de mi familia está en juego. Necesito que todo transcurra sin ningún problema.

—¿Cuál es el imperio de tu familia?

—Somos los dueños de Joyas e Importaciones Radcliffe. Si logro llegar hasta el final, no solo me convertiré en miembro de la Orden del Fantasma de Plata, sino que podré tomar el control del negocio.

Ella silbó por lo bajo.

—Hombre, sí que debes ser rico. —Se rio mientras

miraba la sala—. Ahora estoy en tu mundo. Ando a ciegas, así que tendrás que ser mis ojos.

Asentí y aprecié que reconociera aquel hecho.

—Tengo previsto serlo. Mi amigo, Montgomery Kingston, que acaba de pasar por esto y completó su iniciación, dijo que la única forma de que tengamos éxito es que confiemos en el otro y trabajemos en equipo.

—No confío en nadie —espetó.

—Y yo no trabajo en equipo. Prefiero hacerlo solo.

Ella bufó, se inclinó contra su silla y se cruzó de brazos.

—Supongo que tendremos que cambiar.

—O descubrir cómo modificarnos. —Asentí mientras alzaba el contrato y me acercaba a ella—. ¿Estás lista para firmar?

Me quitó el bolígrafo de las manos, examinó el contrato y firmó con su nombre, aunque pareció tomarle un minuto, como si escribir su firma fuera complicado. Estaba bastante seguro de que no estaba habituada a firmar contratos.

—Listo —dijo, pasándome el bolígrafo—. Compañero.

CAPÍTULO 5

Abilene

No había hora escrita en la invitación que recibimos un poco después del mediodía varios días más tarde; pero, tan pronto como se puso el sol, Beau cerró la tapa de su portátil. Tras decirme menos de una palabra en todo el día, por fin me miró y exclamó:

—Ya es hora. Prepárate y quítate la ropa.

Vaya sujeto tan agradable.

Era como si un interruptor dentro de él se hubiera apagado. No era nada como el hombre dominante e insinuante que había pedido mi atención aquella noche hace ya tiempo en el bar. Aún recordaba el momento en que se me acercó en la pista de baile, las caricias que le hizo a mi cuerpo y la forma de bailar que me prometía que sabía exactamente lo que haría conmigo antes de que me susurrara al oído que quería ir conmigo a casa.

Quiero decir, supongo que no era totalmente cierto lo de que no era nada como el hombre que había conocido aquella noche. Seguía siendo bastante dominante; solo que ya no estaba interesado en mí. ¿Aquello me hería el orgullo? Claro, un poco. Pero no estaba aquí por orgullo herido; no, estaba aquí por una razón mucho más importante.

Y era hora de concentrarme. Necesitaba saber por completo el tipo de hombre que era Beau Radcliffe. Y entonces decidiría cómo manipularlo mejor para conseguir justo lo que quería. Tendría el control de esta situación de principio a fin.

La vida me había jodido desde el día en que mi querido padre se marchó y entonces mi madre decidió que el hijo de puta era más importante para ella que su propia vida de mierda, o que yo, una niña indefensa de seis años. Era muy flacucha y estaba demasiado plagada de ansiedad para ser material de adopción luego de su suicidio, pues aquello provocó que tuviera problemas de comportamiento. Así que pasé del orfanato a la casa de acogida, y luego de nuevo al orfanato; es decir, de una situación de mierda a la otra.

Pero los días de mi patética historia se habían acabado. Ahora estaba aquí y todo estaba a punto de cambiar, porque estaba dispuesta a hacer que cambiara. Entrecerré los ojos al mirar a Beau al mismo tiempo que me quité las mallas y la ropa interior, tirándolas luego a un lado. Ya que no había nada más que hacer en todo el día, pasaba muy largos ratos en la ducha afeitándome y poniéndome loción hasta que mi piel brillara. Me veía fabulosa desnuda.

Beau ni siquiera se volvió a mirarme. Cabrón. Fruncí el ceño, pero entonces me encogí de hombros, me di la vuelta y me incliné tranquilamente para recoger mis mallas del suelo; todo mientras mi culo estaba al aire y extendido. No me volví para comprobar si había llamado su atención. Tenía que estar tres meses aquí, así que podía jugar a largo plazo. Además, ligar con él en estos momentos no era más que un medio de distracción, como todo lo demás. Sí, siempre estaba alerta y tratando de captar cualquier detalle sobre él que pudiera, pero también me sentía nerviosa por lo de esta noche. Si un tonteo de nada podía distraerme de lo que estaba por suceder, bueno, mucho mejor.

Porque ese consolador de vidrio que la mujer había traído en la caja de invitación para esta noche, no era pequeño. Y por más que le hubiera asegurado a la verdadera Abilene que pasaría estas pruebas sin problema, cuando oí los cotilleos de todas las personas que estuvieron dispuestas a hablar, me advirtieron repetidamente con estremecimientos y miradas esquivas que lo que sucedía en la Oleander no era para las débiles.

No había sobrevivido por tanto tiempo en este mundo por ser una tonta. Y estos cabrones millonarios no elegían a las mujeres de los lados marginados de la ciudad sin razón. No, los ricos elegían a las pobres como juguetes porque sabían que no teníamos los recursos para defendernos al ser explotadas. Podían hacernos suyas, follarnos, atormentarnos y jugar sus juegos desquiciados con nosotras, dejarnos rotas y luego explorar praderas más verdes sin ninguna consecuencia.

Así era el mundo. ¿Pero saben qué? A veces los más débiles podían joderte también.

De niña fui impotente, pero ya no más. Cogí el consolador de cristal por los testículos —la cosa en realidad tenía unas enormes pelotas de vidrio unidas—, y me di la vuelta. Beau estaba mirándome el culo, después de todo, pero me tragué mi satisfacción mientras me aferraba al objeto.

—Estoy lista para que me follen —dije con frescura al mismo tiempo que levantaba el consolador, como si estuviera haciendo un brindis—. ¿Y tú?

Bueno, estos pervertidos en verdad sabían cómo organizar una fiesta, eso tenía que concedérselos.

Cuando llegamos al pie de las escaleras y pasamos al salón de baile blanco, este había cambiado. Se habían colocado espejos en todas partes; estaban en las paredes, colgados del techo, en soportes intercalados por toda la sala. Al momento de entrar, una procesión de mujeres desnudas entró como niñas en un templo para algún antiguo culto sexual. Reconocí a algunas que habían estado en la Iniciación conmigo. Supongo que, si no dabas la talla, te invitaban de todas formas a ser un juguete sexual. Entraban con la cabeza gacha, sumisas, como esclavas sexuales.

Como yo, todas tenían consoladores de cristal gigantes en la mano.

A nuestro alrededor, los hombres con túnica se animaron. Algunos metían la mano debajo de sus túnicas y comenzaban a acariciar sus penes, y otros se los sacaban, tocándose con descaro.

Uno de los hombres con túnica plateada golpeó el suelo con su bastón y avanzó hasta el centro del salón.

—Estamos aquí para realizar el antiguo ritual de tentar al diablo a que se haga presente en esta sala para poder capturarlo y atraparlo dentro de estos espejos por su propia vanidad. Para ello debemos darle el menú más tentador. Debemos ofrecer el libertinaje más oscuro y pecaminoso. Cedan a cada impulso lujurioso. No se contengan.

Luego se volvió hacia las mujeres.

—Entreguen sus cuerpos en sacrificio a sus amos. Hagan todo lo que se les diga o váyanse de esta sala de una vez. ¿Lo comprenden?

Todas las mujeres asintieron obedientemente. Entonces el anciano se volvió y me miró con los ojos entrecerrados.

—¿Lo entiendes? ¿Le darás tu cuerpo por completo a quien te domine?

Posé la vista en Beau. No parecía haber estado muy presente, pero al oír la pregunta del Anciano, prestó atención de inmediato. Extendió la mano y me cogió por la barbilla con firmeza, haciendo que inclinase la cabeza con un movimiento afirmativo.

Luego respondió por mí.

—Mi bella me obedecerá por completo.

Me sentí ofendida y excitada a la vez. Maldición. Quería morder la mano que seguía sujetando mi mandíbula, en especial cuando la pasó por mi garganta y me acarició los labios con su grueso pulgar.

Soltó mi garganta mientras las mujeres a mi alrededor se dispersaban por la sala. Los Ancianos se movían mientras las mujeres abrían las piernas y comenzaban a darse placer con los consoladores.

Me incliné de puntillas hacia la oreja de Beau.

—Supongo que será mejor que empiece a tentar al diablo, entonces.

Su rostro no reveló lo que estaba pensando cuando me senté en el banco que estaba más próximo a mí y me tumbé; seguía mirándolo fijamente cuando abrí las piernas.

También me había afeitado abajo, así que sabía que estaba tersa y sin un vello. Tenía un lindo sexo. Yo era una mujer que conocía bien todos los activos a su disposición y no ignoraba mi belleza. Siempre había tenido una relación de amor y odio con mi cuerpo. Aunque este se veía raro y flacucho cuando era adolescente, al final se había vuelto bonito al final de la pubertad.

Algunas mujeres en mi profesión se prostituían para vivir el estilo de vida de los ricos y famosos, pero ese nunca había sido mi trabajo. Tina pensaba que debería intentarlo.

Decía que podríamos irnos a vivir a Ibiza si pescaba al tipo adecuado. Ella medía un metro sesenta, así que siempre tuvo envidia de mis largas piernas. Yo medía uno setenta, y por fin mostré algo más de curvas cuando cumplí diecinueve. De niña siempre llevaba el pelo corto y fue agradable que no me confundieran con un chico todo el tiempo.

Por supuesto, eso fue lo que empezó a causar problemas entre Tina y yo. Ya no era solo su ayudante fea y poco femenina. Ella estaba acostumbrada a ser el centro de atención, y cuando comencé a atraer más a nuestros objetivos, y también a su novio, bueno, debí haber sabido que mis días con ella estaban contados. No importaba que fuera la única persona a la que había considerado como mi familia.

La palabra familia nunca tuvo ningún significado para Tina. Aquello me lo había dicho en repetidas ocasiones, pero pensaba que se refería a todos los demás; no a nosotras, y tampoco a mí. Pensé que éramos hermanas para toda la vida.

Estaba tan equivocada sobre tantas cosas.

Y así aprendí la lección más importante de todas las que me enseñó Tina; una que se habría pensado que aprendí mucho, mucho antes.

Nunca se puede confiar en nadie en esta vida. Nadie te cubría las espaldas. Todos estábamos solos. Había que usar a los demás o ser usado. Y cielos, estaba harta de estar en el lado equivocado de esa ecuación. Así que abrí las piernas, eché la cabeza hacia atrás hasta que pude ver mi hermoso y terso cuerpo joven en el espejo de arriba, y gemí mientras introducía el consolador de vidrio frío en mi dulce coñito.

No, no me prostituiría, pero haría todo lo posible para conseguir todo lo que me merecía. Tendría buen sexo. Tendría la vida que quería y que me merecía después de toda la mierda que había aguantado. Al tener en cuenta lo que se podía ganar, no había ningún riesgo que no estuviera dispuesta a correr para que mis sueños se hicieran realidad. No confiaría en nadie más que en mí misma para lograr mi placer y mi futuro.

Apreté el consolador y subí el pecho. Estaba actuando, y a medida que actuaba, me excitaba. Tentaría a Beau Radcliffe. Tentaría al mismísimo diablo. Arriesgaría todo y desnudaría mi cuerpo y mi alma, pues eso es lo que se hace cuando uno se niega, se niega con todo lo que se tiene, a darse por vencido.

Apreté el consolador y lo sentí en mis contornos internos. El vidrio estaba empezando a ponerse tibio y lo introduje más adentro. Escuché a mi cuerpo y bajé la otra mano. Me toqué en ese mismo instante y de la forma que sabía que más me excitaba. Moví la mano con experticia mientras me tocaba como lo hacía en la oscuridad cuando nadie me estaba mirando.

Con la excepción de que, esta vez, había gente mirando. ¿Me estaría mirando él? ¿Me estaba viendo Beau darme placer? ¿Me estaría mirando el diablo? ¿Observaba y era partícipe cuando nos entregábamos a este placer tan bueno y lujuriante?

Dudaba que hubiera un diablo o un dios, pero de todos modos me tocaba y pensaba en las entidades divinas que me mirarían con celos. Me lo debían, joder. Me debían este orgasmo y un millón más. Pensé en las frías noches en el sótano donde la familia número dos solía dejarme en una supuesta «penitencia»; a veces por toda la noche, o durante varios días cuando se olvidaban de mí o no querían tratar conmigo.

Sí, me merecía todos los orgasmos, el placer y la alegría que pudiera sacarle a esta vida, y lo tomaría todo, maldición.

Me penetré con el consolador lentamente y me acaricié el clítoris con los dedos, tras lo cual me permití echar un vistazo a la sala. Justo a mi lado, un anciano cogió un consolador con el que una mujer se acariciaba a tientas, tras lo cual lo arrojó al suelo sin cuidado. Estaba tan bien hecho que no se rompió, sino que aterrizó haciendo un ruido sordo y se agrietó ligeramente en la base. El anciano había arruinado la obra maestra cuidadosamente diseñada, pero quedaba claro que le daba lo mismo. Ah, con cuánta ligereza rompían sus invaluables juguetes.

Pero no pude negar que me excitó cuando agarró a la bella por las caderas y la subió al sofá donde había estado sentada para que se pusiera a gatas. Era un hombre de mediana edad con un pene pequeño y regordete, pero, cuando se quitó la túnica, vi que su abdomen estaba tonificado. Ella meneó el culo como si anticipara su próximo movimiento, mientras que él le dio una nalgada e hizo que sus pechos rebotaran del impacto.

El hombre la agarró por las caderas y hundió su pene en su interior. Cuando salió, definitivamente este se hizo más grande. Ella chilló de sorpresa cuando la volvió a penetrar.

—Apriétame el pene —exigió—. Sí, así. —Le volvió a dar una nalgada mientras salía y la volvía a penetrar.

Podía escuchar el sonido de sus cuerpos chocando cada vez que él la embestía, y cielos..., era excitante. Tina y Mick solían tener sexo conmigo cerca, pero yo siempre me iba a otro lado o cerraba la puerta de golpe cuando empezaban a hacer lo suyo. Y claro, de joven escuché a mucha gente teniendo sexo porque las caravanas no eran conocidas por tener paredes gruesas. Nunca nada de eso me había parecido especialmente sexy; quizá porque conocía a todas las personas involucradas y la mayoría de ellos eran imbéciles de primera.

Esto era diferente. Bueno, tal vez estos canallas ricos también eran unos imbéciles despreciables en la vida real, pero no formaban parte de mi vida real. Este lugar era una ridícula fantasía. Y, por primera vez, estaba aquí por elección, así que cedí. Los miré follar a escasos metros de mí con todo lo que tenían. No había otra palabra para ello.

Él la estaba follando, mientras que ella gemía como si le gustara. Tal vez fingía, pero yo era mujer y además tenía un ojo bastante bueno para la gente. Leer a las personas era algo como mi especialidad. No creía que estuviera fingiendo, en particular cuando él comenzó a darle nalgadas y a follarla con más fuerza. Ella se meneaba contra él y se movía en su pene.

Me contraje al sentir el enorme consolador y se me hundió el estómago; luego, miré hacia un lado, de forma casi involuntaria. ¿Beau también estaba viendo a la gente follar, o me estaba viendo darme placer? ¿Estaría excitado y tocándose?

Pero no estaba donde lo había visto por última vez. Ya no estaba cerca; no, ese cabrón se había ido a la barra. Estaba sirviéndose un trago mientras charlaba con su amigo, y ni siquiera miraba hacía mí ni hacia el salón lleno de perversión.

Apreté los dientes. Me hacía enfadar, no podía negarlo. Estaba terriblemente furiosa, y también muy excitada. Quería su pene dentro de mí, no esta dura y fría imitación de un hombre. Cerré los ojos y moví la cabeza al otro lado, pues no quería que supiera que lo buscaba con la vista.

Pero cerrar los ojos no ayudó, ya que de inmediato volví a la noche en la que había llegado y en que sentí su cuerpo sobre el mío. Regresé en el tiempo hace diez minutos, cuando puso su firme y dominante mano en mi garganta. En ambas ocasiones había puesto su pulgar sobre mis labios y dentro de mi boca. Mi sexo se contrajo con el consolador. Era el primer orgasmo de lo que sospechaba serían muchos. Joder, incluso pensar en él podía hacer que me corriera.

Pero eso ya lo sabía, ¿no? Él, como mi banco de placer, me había estado haciendo esto desde esa primera noche hace dos meses. No me quebró por otros hombres. Decirme el triste mantra que había repetido mil veces desde aquella noche no ayudó. En especial porque todavía tenía un consolador enorme encajado en la vagina y los entrecortados sonidos sexuales se hacían más sonoros a mi alrededor.

Al diablo con Beau Radcliffe. ¡Esto no tenía nada que ver con él! Esto se trataba de mí; de mi futuro y yo; de mi brillante futuro y la vida perfecta que iba a tener. Tampoco iba a esperar que esa vida llegara a mí, sino que iba a tenerla ahora mismo. Ahora mismo, con un torrente de orgasmos increíblemente intensos que yo sola me daría.

Abrí los ojos y miré hacia el techo, donde veía el espejo que me mostraba mi reflejo; estaba con las piernas abiertas y la piel sonrojada; un consolador perforaba mi sexo y me acariciaba el clítoris con la otra mano. Era sensual. Me veía erótica. Llegaría al clímax incluso si tenía que fantasear con Beau Radcliffe para conseguirlo, así que cedí e imaginé su cuerpo sobre el mío. En el espejo me lo imaginé subiendo por encima de mí.

Me lo imaginé quitándome el consolador y tirándolo al suelo como lo había hecho el otro hombre. Lo imaginé sacándose su perfecto miembro y penetrándome, incapaz de contenerse más. Estaría tan duro como una roca por haberme mirado y pensado en mí, a pesar de que no quería que lo viera; había fingido beber y no quería que yo supiera lo obsesionado que estaba por pensar en mi sensual coño.

Pero finalmente entraría a casa, donde quería estar desde el momento en que me quité las mallas en nuestra habitación. Dios, sí, se hundiría dentro de mí. Pondría una mano en mi garganta y el pulgar en mis labios, abriéndose camino para entrar en mi boca. Yo gritaría porque con una embestida, al sentirlo en lo más hondo de mí, ya estaría en el clímax. Sí, oh, Dios, sí...

Dios, ¿qué me había hecho este hombre? No era justo, pero... cielos, cedí. Arqueé la espalda y sentí su peso sobre mi cuerpo; lo sentí poseyéndome, sobrepasando mis límites, moviéndose sobre mi clítoris... Grité mientras mi orgasmo se hacía más potente. Pensé que estaba en el clímax, pero me había equivocado; era solo otro saliente en mi camino hacia la montaña, y apenas comenzaba a vislumbrar la supernova en la cima verdadera.

Me empezaron a temblar las piernas al mismo tiempo que algunos espasmos fuertes estremecían mi cuerpo con agudo placer. Dios mío, se sentía tan bien, tan eufórico, marcado y penetrante. Estaba temblando de nuevo. Más espasmos, más... Dios mío, más....

Me acaricié el clítoris con más fuerza; toda la delicadeza que tenía había desaparecido. Cerré los ojos, arqueé la espalda y me retorcí del éxtasis mientras me follaba con el consolador y me acercaba a la mano con la que me acariciaba el clítoris, cuando entonces...

—Ponte de rodillas —exigió de repente una voz ronca.

Abrí los ojos rápidamente y me quedé sorprendida cuando vi a Beau de pie frente a mí. Ya no era una fantasía, era él en carne y hueso. Tenía el rostro fruncido y se veía pálido, pero fue en sus ojos donde vi la ardiente lujuria.

—Ponte de rodillas —repitió, y esta vez chasqueó los dedos y señaló el piso, como si no hubiera captado el mensaje la primera vez.

Lo capté. Oh, cielos, sí que lo capté. Y más aún cuando

empezó a arrancarse el cinturón como si no pudiera desabrochárselo lo bastante rápido.

Por dentro me encendí. Había hecho que Beau Radcliffe perdiese su precioso control. Sus defensas se estaban viniendo abajo, tal como pasó la noche en que lo había conocido. Aquella noche la causa fue el licor, pero ahora era por mí. Yo lo había conducido a esto. Sus oscuros ojos me advirtieron también que pagaría con ello; sobre todo, cuando no me moví con suficiente rapidez y él ya tenía fuera su rígido y palpitante pene.

Me levanté del banco y me puse de rodillas frente a él. Cuando comencé a sacar el consolador de mi interior, él sacudió la cabeza con un movimiento brusco.

—Sigue follándote y moviéndote como lo hacías mientras me la chupas. Será mejor que sigas teniendo tantos orgasmos como antes mientras me das placer, porque quiero sentir que te vuelves loca. Pero no me muerdas.

Me relamí los labios mientras lo miraba.

—Sí, señor.

Sus fosas nasales se ensancharon como si estuviera a punto de criticarme por mi descaro, pero lo interrumpí lamiendo su miembro y arrancándole el gemido más varonil que tenía. No aguantaría provocarle mucho más porque, siendo sincera, lo quería en mi boca tanto como él parecía necesitarlo. Por lo general, dar mamadas no me hacía sentir mucho, pero, al igual que me pasaba al tener sexo con Beau, esto también era diferente.

Por un lado, estaba la forma en me sujetaba la cabeza. No hacía lo que hacían algunos chicos; no me agarraba y me inmovilizaba la cabeza para poder follarme la boca como si fuera una especie de muñeca sexual. No, la sostenía y me apartaba con suavidad el cabello de la frente de una manera que hacía que el acto fuese increíblemente... íntimo. Y podía sentir el efecto que cada movimiento de mi lengua tenía en él; sus piernas y su abdomen se tensaban en respuesta a mi boca, lo cual era endemoniadamente sexy.

No costó mucho que mi deseo recobrase fuerza, en especial cuando deslizó la mano para cogerme por el cabello. Se aferró a él y echó mi cabeza hacia atrás para que pudiera verlo a la cara mientras me atragantaba con su miembro. Nuestras miradas se encontraron y mi sexo se contrajo. Llegué al orgasmo con el consolador que seguía enterrado en lo más profundo de mí. Sus ojos se iluminaron con satisfacción y su pene se dobló y palpitó. Él reaccionó a lo que yo hacía, y yo reaccionaba a lo que él hacía. Era el ciclo de retroalimentación más ardiente de todos. Dios mío, tal vez era esa la razón por la que el sexo con él era tan excitante. Nunca había tenido una pareja que estuviera tan en sintonía conmigo; él se excitaba con mi deseo, y yo nunca había presenciado algo tan erótico.

Sobre todo, cuando su pene se puso aún más rígido en mi boca y aumentó de tamaño de forma increíble. Salivaba al tenerlo en la boca mientras él salía y entraba por mis labios una y otra vez. Beau veía cómo entraba a mi boca, me miraba a los ojos, y luego me halaba el cabello como si estuviera consciente de que estaba dirigiendo mi placer con cada uno de sus roces. Y así era, maldición. Cada vez que cerraba el puño y tiraba de mi pelo, el próximo orgasmo que se estaba cociendo me daba de lleno. Y cuando me alcanzaba, gemía, chillaba y hacía murmullos con su pene en la boca.

Finalmente vislumbré el rostro que quería ver. Vi el momento en el que perdió el control, el dolor y el placer. Me agarró fijamente del cabello con ambas manos mientras entraba hasta mi garganta y su caliente riachuelo bajaba por mi garganta.

Chupé, tragué, chupé más y tragué más, lo adoré y lavé con mi lengua hasta haber tragado cada gota. Y cuando retrocedió y caí contra el costado del banco, agotada y, sin embargo, sintiendo el placer del último orgasmo, por primera vez consideré algo al observarlo con mareado estupor. Mierda, ¿y si esto solo estaba pasando en mi cabeza después de todo?

Porque este hombre era tan magnético que cuando estaba con él me olvidaba de todo, de todo menos de la sensación de su piel rozando la mía.

Ni del anhelo. El anhelo... de tener más.

CAPÍTULO 6

Beau

Era justo decir que intentar llevar un negocio desde una portátil, mientras se está encerrado en una habitación con una mujer de la que estaba bastante seguro que me odiaba por dentro, era casi imposible. No habíamos peleado; de hecho, nos acostábamos. No solo lo hacíamos durante las pruebas, donde se nos obligaba a hacerlo, sino que lo habíamos hecho un par de veces dentro de la privacidad de estas cuatro paredes.

¿Y qué más podíamos hacer?

Por lo menos su sensual cuerpo me ayudaba a pasar parte del tiempo, y esperaba que fuera igual para ella. Nuestra química era fuera de lo común, y nuestros cuerpos se fusionaban como si hubieran sido creados para ser uno solo. Si no fuera por el sitio en el que estábamos y nuestras retorcidas circunstancias, el sexo bien podría clasificarse como el mejor de mi vida.

Sabía que me marcharía de este lugar y que me sería muy complicado encontrar una pareja que pudiera estar al nivel de Abilene. Esa mujer sabía cómo hacer que mi cuerpo ardiera de deseo. Era el fuego que yo anhelaba, y una parte de mí sentía que sería una pena que todo desapareciera cuando la iniciación llegase a su fin. Fácilmente podía verme convertido en un adicto que necesitaba su próxima dosis, siendo esta el calor entre los muslos de Abilene.

Honestamente pienso que la parte más difícil de la iniciación no son las pruebas en sí, sino el arresto domiciliario. No creo que un ser humano deba estar encerrado en una jaula, y eso es exactamente lo que nos pasaba a nosotros. A veces se nos sacaba de nuestra prisión para «jugar», si es así como se podían llamar las pruebas. Y por más enfermo que sonase, en verdad me emocionaban las pruebas, en cierto sentido. Al menos significaba que podríamos respirar aire fresco, y eso es justo lo que necesitaba: frescura.

Me senté en la silla junto a la chimenea que siempre estaba encendida, sin importar el calor que hiciera afuera. En la Oleander siempre había frío en el aire; eran, sin duda, los fantasmas que acechaban este lugar.

Alzando la voz, pregunté:

—¿Abilene? ¿Estás bien?

La mujer pasaba mucho tiempo en el cuarto de baño. Le gustaban las duchas humeantes, eso era seguro. Lo extraño era que tenía una belleza natural y su apariencia no parecía requerir gran mantenimiento. Y, por más que me costase admitirlo, la verdad detrás de su encierro en el baño era que se trataba del único lugar en el que podía estar lejos de mí. Era su santuario, y yo no podía echarle la culpa.

En lugar de responder desde el otro lado de la puerta como siempre lo hacía, entró a la habitación mientras pasaba sus dedos por sus hermosos mechones rojizos.

—Estoy a punto de desquiciarme —dijo, volviéndose

hacia donde estaba yo, con mi portátil y mis pantalones negros, y fulminándome con la mirada—. Me aburro de muerte.

Asentí.

—Lo entiendo. Estoy perdiendo la noción de cuánto tiempo llevamos aquí. Parece que un día no hace más que... confundirse con el siguiente.

—Por lo menos tienes tu trabajo para mantenerte ocupado —dijo, dejándose caer en la silla que estaba al otro extremo de mí, y se cruzó de brazos.

—He tratado de ayudar. Te he comprado cada libro que pediste, te he traído crucigramas, libretas... Estoy tratando de ayudar.

Su expresión se enterneció.

—Sé que sí. —Suspiró audiblemente y me preguntó—: ¿Podemos ir a dar una vuelta? Necesito salir de aquí, me estoy sofocando.

—Estamos a treinta y siete grados con una humedad del cien por ciento. Poner un pie afuera sería como entrar a las profundidades del infierno.

—Aun así, es un infierno diferente al que estamos en estos momentos.

No estuve de acuerdo con ello. Lo último que quería hacer era sudar como loco en el caluroso verano georgiano.

—¿Y si paseamos dentro de la Oleander? No has visto más que un par de habitaciones de la casa, y es un monumento histórico bastante impresionante.

Sus ojos brillaron y asintió con.

—Cielos, claro que sí. Lo que sea.

Cuando salimos de la habitación y empezamos a bajar las escaleras, le dije:

—Empezaremos primero con la planta baja e iremos subiendo.

—¿Podemos deambular por la mansión a nuestras anchas?

—Sí, ¿por qué no? Solía jugar en los pasillos de este lugar cuando era niño. Mis amigos y yo hicimos de esta mansión nuestro patio de juegos.

—Vaya lugar tan raro para corretear. En especial considerando todas las antigüedades caras que hay. Me daría miedo tirar un jarrón, rasgar una alfombra o algo así.

Me reí.

—Ah, sí que lo hicimos. Créeme.

—La vida de un niño con sangre azul —murmuró.

Me tragué mi réplica, y en su lugar dije:

—No atacaré tu pasado si tú no criticas el mío. —Respiré hondo. Me di cuenta de que habíamos caminado por distintos senderos en la vida y ella no comprendía el mío.

Ella dejó de caminar y cuando me volví para ver por qué, ella clavó sus ojos en los míos.

—Lo siento. Tienes razón, fue desconsiderado de mi parte. —Siguió caminando a mi lado—. Cuéntame sobre tu infancia. De verdad quiero saber.

La pregunta me pareció extraña. No estaba acostumbrando a ello ni a que me preguntaran algo tan íntimo. Las mujeres en mi pasado no preguntaban... Tal vez porque no les importaba. Sabían lo que conseguirían conmigo y eso era suficiente. Creo que tenía el hábito de encontrar mujeres que fueran tan emocionalmente distantes como lo era yo.

—Desde pequeño solo fuimos mi padre y yo —comencé—. Mi madre murió de cáncer cuando era muy pequeño. No la recuerdo casi.

Primero la conduje a la cocina principal. El chef, que estaba dentro preparando una especie de salsa, nos miró por encima del hombro y asintió. No entabló una conversación, sino que volvió a centrar la atención en su obra maestra culinaria. La cocina era la única sala de la casa que no tenía elementos históricos. La habían reformado a lo largo del tiempo con los utensilios más modernos y superficies de acero. Era la única excepción con ese aspecto industrial, pero, aun así, seguía siendo impresionante. No era chef, pero estaba bastante seguro de que era el sueño húmedo de cualquier cocinero.

—Vaya —dijo Abilene en voz baja—. ¿Hacen nuestras comidas aquí? Me imaginé algo muy diferente a esto.

—¿Como qué?

—No sé, como la guarida de una bruja medieval o algo similar. Algo viejo. Me esperaba algo viejo.

Posé la mano en la parte baja de su espalda y la conduje fuera de la sala. Mi parte favorita de la casa era la que venía a continuación.

—Mi padre y yo comimos muchos platos aquí —dije mientras seguíamos caminando—. Solo éramos él y yo, a no ser que se cuente a la señora H, quien era como una madre para mí en muchos sentidos.

Sonreí ante los cálidos recuerdos de la mujer que me ayudaba con mi tarea o que me daba consejos femeninos sobre cómo tratar con mis enamoramientos de la escuela. Siempre me tocaba las pelotas cuando tenía que hacerlo, pero me quería con sinceridad.

—¿Tu padre estuvo involucrado en tu vida? —me preguntó Abilene.

—Sí, así lo creo. Trabajaba mucho, pero si yo no estaba aquí en la Oleander, entonces estaba con él en su oficina. Supongo que se puede decir que no pasábamos mucho tiempo en casa, pero crecí sintiendo su amor. Creo que eso es lo que todo niño desea, y yo lo tuve.

Ella permaneció callada hasta que llegamos a la biblioteca. Abrí las amplias puertas de madera tallada con las manijas ornamentadas y aguardé a ver su reacción. Me complació comprobar que era tal como lo había sido la mía: tenía los ojos bien abiertos, y estaba boquiabierta y atónita en silenciosa reverencia.

—Esta es mi habitación favorita —dije. No leía demasiado, pero ¿cómo no impresionarse con las estanterías que iban desde el suelo hasta el techo? Había una escalerilla que se movía por la sala para poder alcanzar cada libro.

—No me pareces un ratón de biblioteca —dijo al mismo tiempo que entraba en la sala y se daba la vuelta, contemplándola por completo.

—Soy un entusiasta de la historia —admití—. Aprecio esta sala por todos los cuentos antiguos que hay en esas estanterías. Hay primeras ediciones, objetos de colección y libros que han dejado atrás famosas figuras históricas. La historia que emana de esta sala es lo que la hace tan extraordinaria.

En vez de continuar con el recorrido, me dirigí a una amplia silla de respaldo alto que estaba junto a la enorme chimenea y me senté. Había pasado mucho tiempo desde la última vez que me senté en esa silla, y era como volver a visitar a un viejo amigo. Abilene se acercó para acompañarme y se sentó en la que estaba al otro extremo de la mía.

—¿Y tú? —le pregunté—. ¿Tuviste una buena infancia?

Ella hizo una mueca y evitó el contacto visual.

—Lejos de eso. Por lo menos tú tuviste un padre. Yo no puedo decir lo mismo.

Me tomé un minuto y analicé su actitud. Me enorgullecía que supiera leer a la gente —era por ello que me había ido tan bien en los negocios y las negociaciones—, y podía ver que esta mujer no se sentía cómoda ahondando en esta conversación. Supongo que lo justo era preguntarle más, ya que fue ella quien empezó esta plática al preguntarme sobre mi infancia; pero, al mismo tiempo, decidí que le daría un respiro. No a todos les gustaba recordar cosas del pasado, y desde luego que no iba a ser yo el imbécil que la obligara a hacerlo.

—Mi padre y yo nos sentábamos aquí de esta forma en Nochebuena —dije, ofreciéndole el regalo de que volviese a enfocar la conversación en mí—. Le daba la noche libre al personal junto con un gran sobre lleno de dinero, y nos quedábamos solo él y yo. Íbamos a algún restaurante donde sirvieran filetes y luego veníamos a beber una copa de borbón. Incluso me permitía beber. Entonces me daba un sobre de dinero, me deseaba una feliz Navidad, y disfrutábamos nuestro rato juntos.

Sentía el corazón hinchado de emociones, y me di cuenta de que habían pasado años desde la última vez que mi padre y yo habíamos hecho nuestra tradición de las festividades.

—Puede que sean algunos de mis mejores recuerdos con él.

—No soy una persona a la que le gusten mucho las festividades ni los cumpleaños, ni tampoco las celebraciones en general —dijo ella—. No son más que otro día cualquiera.

Me aseguré de detenerme y volver a observarla. Quería garantizar que no estuviera entristeciéndola ni volviendo a abrir viejas heridas al hablar sobre mi infancia privilegiada cuando podía ver con claridad que ella no tuvo la misma suerte. Abilene no parecía enfadada, sino muy interesada en lo que tenía por decir. En verdad parecía que le importaba y quería oír más. Era refrescante tener una audiencia cautivada... algo que solo obtenía con mi personal; personas a las que pagaba salarios cuantiosos para que me prestasen atención.

Levantándome, dije:

—Quiero mostrarte lo que hay detrás de las paredes.

Ella se incorporó con escepticismo en los ojos.

—¿Detrás?

Asentí y una sensación de aventura inundó mis venas, recordándome cómo me había sentido cuando, de niño, jugaba al escondite en los recovecos ocultos de la Oleander. Fui hasta una de las estanterías y saqué una copia de Moby Dick, y todo el panel se abrió como sabía que lo haría.

—¿Una puerta secreta? —preguntó Abilene casi chillando. No esperó que yo entrara, sino que avanzó por el panel. La curiosidad se apoderaba de ella—. Dios mío, ¡hay un pasillo! ¿Podemos recorrerlo?

Yo cogí mi teléfono móvil y encendí la linterna. Sabía que había un interruptor en algún lado que haría que las tenues luces de emergencia se activasen, pero no sería capaz de encontrarlo usando solo mis recuerdos.

—Estaba esperando que quisieras recorrerlo —dije y entramos.

—¿Para qué es?

—¿No vienen todas las mansiones con pasadizos secretos y encantados? —repliqué.

—Déjame adivinar —dijo luego de que hubiera encontrado el interruptor y empezado a andar—. ¿Tú y tus amigos jugaban aquí?

—¿Se nos podría culpar? —dije con una risa. Tenía muy buenos recuerdos jugando con mis amigos en las sombras —. Aunque la señora H odiaba cuando lo hacíamos. Siempre metíamos polvo a la casa.

Traté de apartar las telarañas del camino de Abilene, pero no pareció importarle, ni tampoco el polvo que había a nuestro alrededor. Apreciaba que no fuese una joven delicada, y su sentido de la aventura se asemejaba bastante al mío. Podía visualizarla como el tipo de persona que estaría dispuesta a escalar hasta la cima de Machu Picchu en Perú sin quejarse ni una vez.

Abilene soltó una risa y luego dijo:

—Nunca pensé que estaría tan feliz de encontrarme en un sitio oscuro, húmedo y polvoriento. Cualquier cosa es mejor que esa habitación.

—Tengo que darte la razón. Necesitábamos salir.

—Me sorprendes —dijo Abilene—. Es complicado leerte, y en el momento en que pienso que te conozco bien, sales con algo inesperado. ¿No deberías estar trabajando?

—Sí, debería. Pero no siempre es todo negocios. De hecho, me gusta viajar cuando puedo, y también hacer cosas fuera de los sitios más turísticos. Me gusta explorar. —Me reí—. Supongo que esto es lo más cerca que puedo estar de explorar por los momentos.

Ella soltó una risa sonora y me di cuenta de que no la oía muy a menudo, por no decir nunca. Me gustaba cómo sonaba.

—Ya veo que sí. ¿Estás seguro de que podremos salir de aquí? Puedo ver a los ancianos esperando por sus invitados de honor a los que torturar y que nunca se presentaron.

—Recuerdo el camino.

—Gracias por esto, Beau. Lo necesitaba. Sé que consideras este día como laboral, así que en verdad aprecio que te tomes un tiempo para este cambio de aires.

—Yo también lo necesitaba —dije—. Cada día se pone más difícil, y siento que solo va a empeorar. —La miré y me di cuenta de que mis palabras dieron en el blanco—. Pero podemos hacerlo. Tenemos tiempo.

—Hay que enfocarse en el fin del juego, ¿o no?

Sí, el fin del juego, el cual todavía seguía viéndose borroso.

CAPÍTULO 7

Abilene

Habíamos pasado un buen día juntos. Un día bastante agradable, considerando la monotonía de vivir aquí durante el último mes.

Estaba tratando de mantenerme centrada, pero era complicado. Tenía esta sensación en la que todo estaba pasando tan rápido y tan lento al mismo tiempo que apenas podía moverme. Era como estar en un automóvil cuando volaba por la carretera a más de cien kilómetros por hora, pero el movimiento es tan uniforme que también se siente como si a duras penas te estuvieras moviendo.

Sin embargo, solo hacía falta un movimiento en falso para terminar desparramado por la carretera. Lo que siento es engañoso. Es así como me sentía al estar con Beau; como si fuera la calma antes de la tormenta. Pero, aun así, fue agradable recorrer hoy la mansión con él mientras compartía sus recuerdos de la infancia.

Y entonces llegó la invitación.

Muchas veces no había nada dentro de la caja, pero no

esta vez. En esta ocasión la señora H llevó la caja a la habitación con mucha reverencia y cuidado, como si apenas estuviera respirando. De inmediato me puse en alerta e inclusive Beau apartó su portátil y se incorporó para recibir la caja. La señora H me lanzó una mirada —no le caía bien a esa mujer — y luego se dio la vuelta para marcharse. Tendría que mantenerla vigilada tal como ella estaba haciendo conmigo. Se había comportado de forma fría desde que llegué, pero desde que se enteró de la supuesta «coincidencia» de que Beau y yo nos conocíamos desde antes de venir aquí, había empezado decididamente a sospechar, lo cual era algo que no podía permitirme.

Tenía que llegar hasta el final. Necesitaba los tres meses completos, y tenía que ser capaz de reclamar lo que pediría en ese momento.

Había mentido durante mi cuestionario de ingreso. Había dicho una cantidad de dinero, algo que pensaba que sería un monto suficiente y que la mayoría de las chicas pedirían. Pero, por supuesto, lo que en realidad quería era mucho, mucho más que eso. Era algo que les llevaría una vida pagar.

Observé la expresión de Beau cuando abrió la caja y me sorprendí cuando una sonrisa cruzó su rostro.

—¿Qué es? —le pregunté acercándome, pues mi curiosidad pudo más que yo.

—Bueno, mi padre o los ancianos han decidido celebrar mi patrimonio. —Movió la caja hacia mí para que pudiera ver lo que había adentro.

Jadeé. No pude evitarlo.

Nunca había visto tantos diamantes en un mismo lugar.

Había un... no creo que se pudiera llamar collar, era más una prenda para el cuello con diamantes entrelazados que colgaban con una magnífica forma de lágrima, y un gran diamante al final que llegaba cerca del escote. Unos pendientes de diamantes hacían juego con el collar, junto con una tiara de diamantes y rubíes incrustados. Acomodados al fondo de la caja estaban unos tacones brillantes.

El último objeto aparte de los zapatos era una pajarita con diamantes incrustados.

Una pequeña nota con instrucciones nos informó que, aunque él debía usar un traje, yo tenía que estar adornada solo con los diamantes y el par de tacones, ya que tendríamos que bailar un vals. Ante esto alcé las cejas a más no poder.

—¿Un vals? ¿Bailaré un vals desnuda y con diamantes?

Beau se rio.

—A ellos les fascinan las ceremonias aparatosas y pervertidas.

—Dios mío. —Alargué un dedo para tocar el collar y luego lo alejé al último momento, subiendo la mirada para ver a Beau—. ¿Y si pierdo uno? Hay cien diamantes en esta cosa. ¿Y si uno se cae mientras bailamos?

Beau volvió a sacar la caja y pareció ofendido.

—Estos son diamantes Radcliffe. Colocamos cada gema con cuidado y precisión. No se «caen» y ya.

Solo me pude limitar a pestañear.

—¿Así que este es el tipo de cosas que hace tu compañía? ¿Joyas como esa? —Señalé la caja.

—Esta es una de nuestras prendas de lujo, pero sí.

—¿Cuánto cuesta?

Beau se encogió de hombros.

—Puede que sea mejor que no pienses en ello mientras bailas el vals con él puesto.

—Esa no es una respuesta. ¿Cuánto?

Él suspiró.

—Bien. Es un collar de medio millón de dólares.

Casi me ahogué con mi propia lengua.

—¿Medio millón de...? —Casi le volví a arrebatar la caja. Es que, Dios mío... Tenía planes más grandes, pero, aun así, poder sostener medio millón de dólares en las manos...

Ja. «Muérete de la envidia, Tina». Sonreí.

—¿Qué? —preguntó Beau.

Mierda. ¿Se había notado en mi rostro algo de lo que estaba pensando? Normalmente era muy cuidadosa.

—Eh, nada. —Negué con la cabeza y le enseñé una sonrisa, tras la cual me reí—. Es que, joder, siendo honesta es un montón de pasta.

Beau se rio.

—Sí. Siempre que lo sacamos de la bóveda, la protección es bastante intensa.

Entrecerré los ojos.

—No te preocupes, no voy a coger tu precioso collar y tratar de echar a correr.

Él volvió a reír.

—No, no te imagino haciendo eso. —Entonces su rostro se volvió serio y me miró con curiosidad; pero, sea lo que sea que estuviera pensando, no me lo preguntó, sino que se volvió a cerrar, como lo hacía a veces cuando nos acercábamos demasiado o empezábamos a conectar.

Detestaba que tuviera un interruptor que pudiera apagar de esa manera. No era una buena señal.

Pensé sobre lo que había dicho sobre su padre y la Navidad, en que su tradición era cenar juntos y recibir un montón de dinero por parte de su padre. Beau había dicho que tuvo una infancia feliz, pero me pregunté qué tan feliz podría ser en realidad sin una madre o calidez maternal, y con un padre que pensaba que un sobre de dinero equivalía a una festividad feliz.

Yo había tenido una infancia de mierda y una ausencia

de intimidad y conexión que había estado tratando de subsanar desde ese entonces, pero por lo menos estaba consciente de ello. Me pregunté si saber que tu espíritu estaba roto hacía que fuese más sencillo o más difícil. Tal vez era mejor recorrer la vida ajena a ello. Quizá ese era el privilegio de ser rico, que se podía andar por la vida sin ser confrontado con el quebranto que se tiene dentro.

«Oh, Beau, cariño, sí que tengo sorpresas reservadas para ti».

Ambos nos vestimos, o bueno, yo me desvestí. Fui al cuarto de baño, mi espacio favorito en el que podía oírme pensar y arreglar mi cabello y mi maquillaje. No teníamos mucho tiempo puesto que la invitación ya había llegado avanzado el día. Llegaban sin ton ni son, algo que suponía era parte de la iniciación. Les gustaba mantenernos en vilo, en la incógnita.

Estaba acostumbrada a una vida caótica, así que no era un juego mental que me irritase demasiado. El estilo de vida del estafador no era conocido por su estabilidad, exactamente.

El año pasado estafé a un infeliz promotor de clubes en Atlanta afirmando que tenía conexiones con gurús del *marketing* e *influencers*. Logré que aflojara diez mil dólares antes de desaparecer. En fin, estaba despierta a todas horas al mismo tiempo que mantenía un trabajo de tiempo completo como teleoperadora. Por lo general trataba de tener un trabajo legítimo aparte de mis actividades extracurriculares. Mi perfil se veía bien por escrito y tenía un currículum sólido sin ninguna laguna. También daba la casualidad que podía pagar un lindo auto en efectivo por Craigslist, vestirme bien y, claro, comprar comida, mientras que el trabajo oficial pagaba la mayor parte del alquiler.

A diferencia de Tina con sus sueños de Ibiza, lo único

que yo quería era salir adelante. Todos los demás tenían ventajas que yo no tenía, así que hacía lo que debía hacer para nivelar el terreno de juego. Me parecía justo.

Y... bueno, una vez que se aprendía a jugar con la gente, era difícil detenerse. Como ese tipo en el club. Era despreciable y sucio. Empezó a coquetear conmigo y a mirarme las tetas todo el rato, y era evidente que era un blanco tan fácil...

—Ven, déjame ponerte el collar —dijo Beau cuando me vio inmóvil luego de salir del cuarto de baño.

Levanté la vista para mirarlo y me sacó bruscamente de mis pensamientos. Se veía alto, afable y extremadamente guapo con su traje planchado y la resplandeciente corbata cargada de gemas en su cuello. Pensándolo bien, el hombre se veía provocador llevando nada más que un taparrabos, pero vestido de esta forma parecía un dios del Universo: dominante, tranquilo, apuesto.

Se me aceleró el corazón cuando se acercó. «Es por los diamantes que está sosteniendo», me dije a mí misma. Además del collar, tenía que haber otros cientos de miles de dólares entre los enormes diamantes en esos pendientes y brazalete.

No tenía nada que ver con Beau Radcliffe; nada en absoluto.

«Sí», susurró otra voz en mi cabeza sarcásticamente. «Sigue diciéndote eso». Fruncí los labios y apreté los dientes mientras Beau daba la vuelta y bajaba una parte de mi bata para tener acceso a mi cuello. Mi cabello estaba recogido tal como lo había estado la primera noche que llegué. Sabía que las joyas se verían fabulosas en mi largo cuello. Había encajado la tiara en los mechones que estaban encima de mi cabeza, y me veía digna del medio millón de dólares que cubrirían mi cuerpo.

Pero, aun así, aunque sabía que vestía apropiadamente, cuando los dedos de Beau rozaron mi piel al momento de acomodar el pesado collar en mi cuello... me sentí como una impostora.

Pues una estúpida parte de mí sentía que era un momento de Cenicienta. Dios, ¿qué se sentiría que algo así fuese real? ¿Que un hombre como Beau Radcliffe quisiera poner sus joyas, el legado de su familia, alrededor de tu cuello, y reclamarte y nombrarte suya?

Era una noción atroz, así que no sabía por qué hacía que mi estómago diese un vuelco y que el lugar entre mis piernas se humedeciera. Estaba segura de que un terapeuta tendría su agosto conmigo.

Aunque un terapeuta se cagaría encima si pasara una sola noche en esta guarida del pecado y la tentación.

Esta noche bailaría el vals desnuda y cubierta por nada más que joyas. Antes era la muchacha que nadie quería, y ahora era la bella en un baile nudista y demente, en los brazos del hombre más guapo de toda la sala. Ah, cómo cambiaban las cosas.

Me mordí el labio mientras Beau terminaba de abrochar el collar y luego hacía lo mismo con el brazalete.

—Eh, sobre lo de esta noche...

—¿Mmm? —preguntó Beau, embebido en la tarea del broche en mi muñeca.

—No sé bailar.

Él por fin levantó la vista; era la primera vez que me miraba desde que salí del cuarto de baño.

—Oh.

—Sí. Oh.

Beau se encogió de hombros.

—No es tan difícil.

Entrecerré los ojos.

—¿Ah, sí? ¿Cómo aprendiste?

—Bueno, tomé lecciones.

Yo bufé.

—Ya, claro que te parece fácil. Te recuerdo que no toda la plebe creció yendo a bailes o lo que sea que hagan los ricos para saber cuál tenedor usar y cómo bailar en fiestas elegantes. Lo más que tuve fue que miré varias veces *Pretty Woman* y soñaba con follar con hombres ricos por dinero. —Me llevé las manos dramáticamente al pecho—. Mira, ¡los sueños sí que se hacen realidad!

Beau puso los ojos en blanco tras mi reacción dramática.

—¿Has terminado?

Fruncí los labios.

—No estoy segura. No sé si alguna vez has sido oficial, pero la forma en que me comiste la otra noche sí que es mi definición de un caballero. Así que, hasta ahora, marcas todas las casillas de mis fantasías con Richard Gere. —Le guiñé un ojo.

No podía asegurarlo, pero me imaginé ver que reprimió una risa al oír eso. En voz alta, todo lo que me dijo fue:

—Ponte los tacones. No queremos llegar tarde. Y no te preocupes por el baile, yo te guiaré. Todo lo que necesitas hacer es sujetarte a mí y no resistirte.

Enarqué una ceja, pero me mordí el comentario que tenía en la punta de la lengua, pues todo lo que podía pensar era que sí, Beau Radcliffe era endiabladamente dominante. Y por más irritante que fuera, era aún más fastidioso que funcionara conmigo por completo.

Me senté en la cama mientras me calzaba los centelleantes tacones, que me cabían a la perfección y eran sorprendentemente cómodos. Me incorporé y caminé un poco por la habitación. Vale, de acuerdo, quizá no eran tan cómodos, pero servirían. No me había caído de bruces, así que lo tomaba como un triunfo.

Beau estaba de pie junto a la puerta, y una pequeña sonrisa entretenida apareció en su rostro a medida que me veía pavonearme por la habitación probándome los zapatos. Yo entrecerré los ojos.

—¿Tienes algo que decirme?

Él se limitó a encogerse de hombros, pero aún había un destello en su mirada.

—Nada. —Entonces me extendió el brazo.

Dios, se veía tan bien. No era justo, Universo. Para nada.

Respiré hondo y le pasé por un lado rápidamente, empujando la puerta y contoneando las caderas mientras desfilaba. Su risa por lo bajo me complació más de lo que debió haber hecho.

Él me alcanzó y recorrimos el pasillo hasta llegar a la escalera principal. Podía oír la música desde el pasillo, y se volvía cada vez más fuerte a medida que bajábamos.

Pensé que era un disco sonando, pero no; cuando llegamos al salón de baile, vi que se trataba de un cuarteto de cuerdas montado en un pequeño estrado en la esquina de la sala, cerca de la chimenea de mármol. El candelabro de gas ardía, iluminando y ensombreciendo a los bailarines que estaban debajo de él. Contuve la respiración, pues la escena era verdaderamente encantadora.

Estaba acostumbrada a las escenas de libertinaje. Inevitablemente, siempre bajábamos y veíamos mucha desnudez y por lo menos a una chica a la que estuviesen follando, a menudo por el culo, mientras otra se ahogaba con el pene de otro de los miembros.

Pero hoy todos estaban jugando este juego seriamente. Estaba segura de que terminaría en sexo para los miembros de una forma u otra, pero en este momento, en verdad es como si se tratara de alguna clase de baile de antaño, con la excepción de que, en vez de vestidos largos, las mujeres estaban desnudas como yo, con la salvedad de las joyas elaboradas que llevaban puestas.

Sin embargo, las otras mujeres llevaban baratijas en comparación conmigo. Ah, se veían grandiosas con esmeraldas, zafiros y cosas por el estilo; pero yo era la única que estaba llena de diamantes de cabeza a pies.

—Por aquí. —Nos ordenó un anciano tan pronto como entramos. Fruncí el ceño y miré a Beau, pero él no perdió ni un segundo; me cogió por el brazo y siguió al Anciano.

—Escoge uno de la selección. Todos son diamantes Radcliffe. Tu padre ha seleccionado una colección espléndida.

El hombre nos había llevado a un gabinete de antigüedades y, cuando retrocedió, pude ver lo que había adentro. Varios pares de elaboradas pinzas para pezones estaban sobre expositores de satén por todo el gabinete. Cada pinza tenía una variedad de gemas que pendían de ella.

Beau no vaciló ni gastó tiempo en decidir; sus manos se movieron de inmediato a lo que parecía el par más pesado y elaborado. Eran más diamantes, pero tenían un rubí color rojo intenso en el centro del diseño en forma de lágrima. Bueno, por lo menos estaría en juego.

Pero no hubo mucho tiempo para pensar antes de que Beau metiera la mano en el gabinete y sacase las pinzas. No perdió ni un momento para extender la mano y pincharme los pezones. Hacía frío en la sala y ya sentía que estaban endurecidos, pero, para ser honesta, en el segundo en el que los dedos de Beau entraron en contacto y retorció mi pezón con sus dedos índice y pulgar, se pusieron más rígidos y se alargaron.

Me puso la primera pinza y yo contuve un jadeo; sí que

apretaba ese cabroncete. Pero Beau ya estaba torturando mi otro pezón y yo estaba indefensa ante sus atenciones. Maldito Beau Radcliffe. Era un... ¡Ahh!

Ahí estaba la segunda pinza. Esta vez solté un largo siseo. No me ayudaba que Beau le diese un toque a las gemas que pendían para que pudiera sentir el peso de la pinza tirando de mi pezón. Lo fulminé con la mirada y, por primera vez, no se veía indiferente. Esa sonrisa socarrona volvía a estar en sus labios, y yo quería morderla y quitársela a fuerza de besos. Quería que me follara para poder clavarle las uñas en la espalda mientras lo hacía.

Su sonrisa se ensanchó más, como si pudiera leerme los pensamientos. Porque, en ese preciso momento, cogió mi mano derecha con la suya, alzó mi mano izquierda para que estuviera sobre su hombro, y entonces me sujetó de la cintura. Y, antes de darme cuenta, nos introdujo en el derviche girador de las parejas que danzaban.

Ay, mierda, espera, ¡no estaba lista! No lo dije en voz alta porque sabía que había ojos observándonos, pero aun así...

Trastabillé al hacer los pasos y me aferré a su hombro con todas mis fuerzas a medida que él me arrastraba por la pista.

—Para de luchar —dijo—. Déjame guiarte.

Yo lo fulminé con la mirada.

—Me has mentido, esto no es fácil. ¡No haces más que arrastrarme contigo!

Puso los ojos en blanco.

—Solo cuenta. Uno, dos, tres; uno, dos, tres; uno dos tres. Sujétate y déjate llevar. Confía en mí, yo te guiaré. Deja de pensar tanto por alguna vez en tu vida, joder.

Él hacía que sonara tan fácil.

¿Es que no lo entendía? Lo que me estaba pidiendo era lo más aterrorizante para una chica como yo.

Yo nunca cedía el control. Jamás. Claro, puede que a veces me gustara jugar a ser la sumisa en la cama, pero siempre era la que en realidad estaba en control. Siempre. No hacía más que dejar que los demás fingieran por un rato o pensaran que eran ellos los que tenían el control. Al fin y al cabo, siempre era yo la que jugaba con ellos. Era yo la que movía los hilos.

Pero, en este momento, Beau me estaba pidiendo que en verdad cediera, que en verdad confiara en él. Incluso si era con un asunto tan minúsculo y ridículo como mantenerme a salvo en una pista de baile por una única noche.

Resultaba verdaderamente ridículo que me estuviera resistiendo tanto. Ridículo y peligroso debido a lo que me podía costar si no le seguía el juego. Fruncí el ceño, concentrándome y observando el suelo a medida que seguíamos bailando. Uno, dos, tres; uno, dos, tres..., conté febrilmente, pero antes de que pudiera seguir con la serie, la firme mano de Beau se posó en mi barbilla, haciendo que levantara el rostro.

—Nada de trampas mirando el suelo. E intenta no contar en voz alta. Estás más que preciosa y lo llevas muy bien. No necesitas hacerlo.

Me mordí el labio, avergonzada. No me había dado cuenta de que lo estaba haciendo en voz alta. Mierda. ¿Tal vez podía hacerlo en mi cabeza y ya?

Pero hasta susurrar los números una y otra vez dentro de mi cabeza no evitaba que hiciera los pasos y diera traspiés de vez en cuando.

—Mirada al frente —ordenó Beau, y lo hizo con esa voz. La que usaba en ocasiones cuando estaba dentro de mí. Yo levanté la vista hasta su rostro rápidamente.

—Cede —volvió a decir. Le dio un apretón a mi mano,

sujetándome con más firmeza, y luego hizo lo mismo con mi cintura.

Y lo entendí. Realmente lo entendí.

Pese al hecho de que iba en contra de cada uno de los impulsos que había en mi interior, por fin obligué a mis extremidades a relajarse e hice lo que Beau dijo.

Cedí ante él. Me quedé, digamos... lo bastante inerte para dejar que me guiara, y algo muy loco sucedió: cuando aflojé los músculos lo suficiente para sentir la fuerza de su intención e impulso... fue... fue... increíble.

De repente, en vez de luchar y trastabillar, empezamos a deslizarnos por la pista del salón de baile. Uno, dos, tres; uno, dos, tres; uno, dos, tres. Nuestros cuerpos se mecían y bailaban con la rítmica melodía musical, siguiendo el compás y dando una vuelta en el dos y tres.

Lo único que se acercaba a esta sensación era el sexo, pero con el sexo nunca renunciaba por completo al control como me veía forzada a hacer en este momento, simplemente porque no conocía estos pasos, lo cual me obligaba a encomendarme por completo a Beau. Y era un compañero digno; uno merecedor de confianza. Su cuerpo era una roca firme a la que podía aferrarme. El par de veces que me tropecé, él me atrapó y me condujo al próximo movimiento. Empezamos a movernos de una forma tan fluida que parecíamos líquido, y no podía diferenciar dónde terminaba yo y dónde comenzaba él. Las pinzas en mis pezones se balanceaban y tiraban hacia abajo a medida que nos movíamos, encendiendo detonadores de sensaciones que me hacían sentir electricidad por todo mi cuerpo.

Y los ojos de Beau no estaban observando el salón ni nuestros pies para asegurarse de que no diéramos ningún traspiés; no, sus ojos estuvieron clavados en los míos todo el tiempo. Y ya no volví a mirar al suelo, ni volví a contar hasta tres en mi cabeza.

Me limité a observar a Beau, a aferrarme a él, y a confiar en él mientras me mecía y giraba por toda la sala una y otra vez. No debió haber funcionado, pues no sabía qué demonios estaba haciendo. Y por más que lo intentara, no podía apartar la mirada de él tanto como estaba empezando a desearlo, pues bailar era un acto de confianza activa; no solo una elección de una vez. Era una elección que tenía que continuar haciendo en cada momento; tenía que seguir cediendo ante su dominancia y guía.

Cuando otra pieza terminó y Beau finalmente nos llevó a un lado del salón, estaba falta de aliento por algo más que solo el baile. Mi corazón estaba martilleando en mi pecho, pero no hubo tiempo para recobrar el aliento antes de que otro anciano se acercase a nosotros.

—Una excelente exhibición humana de las joyas familiares —le dijo el anciano a Beau con una sonrisa de suficiencia—. Pero ahora es tiempo de añadir una selección de perlas.

Miré a Beau sin comprender. Ya estaba a rebosar de joyas en mi cuello, muñecas, orejas e incluso mis senos. ¿Dónde iban a ponerme estas perlas, exactamente?

Pero tan pronto como se abrió el segundo gabinete, me di cuenta de que simplemente sufría de falta de imaginación, pues, por primera vez, comprendí que esta noche se trataba de cubrirnos lentamente en vez de desnudarnos más. Cada pieza con la que nos cubríamos —apostaría que eran todos artículos especiales de Radcliffe—, no eran tan inocentes como simple joyería.

Tal como lo que nos esperaba en este caso, por ejemplo. Eran diminutos pares de ropa interior de encaje descubiertos por debajo, a excepción de un lazo de perlas colgado en el medio. Abrí los ojos de par en par, pero Beau no se inmutó ni se detuvo; se limitó a alcanzar un par negro de seda con perlas centelleantes y, como un caballero de un libro de cuentos, se arrodilló frente a mí. Pero a diferencia del príncipe de Cenicienta, que le puso la zapatilla de cristal en el pie, él me alzó el pie para poder subirme las bragas perladas por las piernas.

Me acarició las piernas con los dedos, con los que recorría la cara interna de mis muslos a medida que subía, y los estacionó fijamente en mis caderas.

—¿Champán? —preguntó una mujer que pasaba por allí, también desnuda y cubierta de joyas. Llevaba una bandeja de brillantes copas de champán.

Beau cogió dos y yo tragué ante la imagen de las delicadas copas en sus masculinas manos. Cuando me extendió una, decidí enviarlo todo a la mierda; no había nada como ser audaz, y ambos sabíamos hacia dónde nos llevaba la noche.

De hecho, a nuestro alrededor, algunos se habían ido en parejas para dar comienzo a las festividades reales de la noche. Así que me llevé la copa a la boca, le di una vuelta en mis labios y entonces dejé que se derramara por mi cuerpo, bajara por mi ombligo y llegara hasta las perlas sobre mi sexo.

Beau observó el rastro de champán a medida que se escurría por mi cuerpo y entonces volvió a enfocar los ojos en los míos.

—Mira lo que has hecho —dijo con voz grave y oscura —. Has hecho un desastre.

Mi corazón dio un vuelco al percibir la oscura promesa en su tono de voz.

—¿Qué vas a hacer al respecto? —le susurré—. ¿Me vas a castigar por ello?

Sus pupilas se oscurecieron y sus orificios nasales se ensancharon.

—No deberías jugar con cosas peligrosas que no entiendes, pequeña.

Solo lo miré y levanté una ceja, fui a tomar otro sorbo de champán, y de nuevo dejé que chorreara por mi labio inferior y también por mi cuerpo.

Sin despegar sus ojos de los míos, me pasó un brazo por la cintura y acercó su cuerpo al mío, obligándome a retroceder. Tal como en la pista de baile, era ajustarme a sus movimientos o trastabillar y caer. Estaba reafirmando quién era el jefe en este pequeño drama. Y al igual que antes, fui lo bastante inteligente como para reconocer que, en algunas situaciones, la única manera de no hundirme era no nadar, sino aferrarme con todas mis fuerzas al único chaleco salvavidas que tenía cerca, que en este caso resultaba ser él.

Así que me aferré a él y retrocedí hasta que me inmovilizó contra una pared. Luego cogió mi copa de champán y la llevó a mis labios, pero, antes de que pudiera tocarlos, lo vertió todo por mi parte delantera, formando cascadas sobre las pinzas en mis pezones y luego salpicando dramáticamente las últimas gotas en mi sexo hasta que terminé completamente empapada y resplandeciente.

Entonces se arrodilló frente a mí y me abrió las piernas más de lo que era cómodo para mí. Con una mano me sujeté a la pared y con la otra me aferré a su hombro. A pesar de que era él quien estaba de rodillas, se había asegurado de que yo estuviera desequilibrada para que supiera que él seguía teniendo el control.

Pero cuando su boca se prendió a mi clítoris, rozando las perlas sedosas contra mi capullo y lamiéndome tanto a mí como al champán una y otra y otra vez...

—¡Ay, Dios! —grité, sin que me importara dónde estuviéramos o quién me escuchara; no me importó nada más que la mágica y sedosa habilidad de su lengua en mi lugar más privado y el nirvana al que acababa de sumergirme.

Me temblaron las piernas, pero me las arreglé para permanecer de pie mientras él ponía un brazo alrededor de la parte superior de mi muslo y me acercaba aún más y con mucha más fuerza a su rostro y su extremadamente exploradora lengua.

Seguí teniendo espasmos, el orgasmo no se detuvo. Yo era líquido, había lava derritiéndose entre mis piernas. El placer que me iluminaba me había convertido en un ser de luz tan exquisito como si todos los destellos de las gemas del salón resplandecieran en mi interior.

Grité una y otra vez a medida que su lengua se movía y mi estómago se volcaba y tocaba fondo, y el baile vivía dentro de mí mientras él me dominaba por completo. Las perlas sumaban a la sensación, y su lengua, y no se detenía. No quería que se detuviera, que nunca se detuviera... Oh, Dios mío, que nunca se detuviera ...

Eché la cabeza atrás y saqué los pechos, las pinzas de los pezones danzaban, tiraban de mi piel y me estimulaban aún más, aunque aquello no debería ser posible. Ah, joder, un placer como este no debería ser posible. ¿Cómo es que era posible?

Y luego, repentinamente, Beau ya no estaba en el suelo. Estaba de pie, y apartó las perlas tan solo un poco, así que se deslizaron contra mi clítoris cuando él me penetró, ya tan duro como el hierro. Yo me contraje, grité, le pasé los brazos por el cuello y me aferré a él con todas mis fuerzas. Él era mi balsa salvavidas en las vertiginosas olas del océano que seguían chocando contra mí, cubriéndome, cubriéndome. Tuve espasmos con su miembro dentro; los orgasmos no me detuvieron.

No sabía que esto podría ser así. ¿Por qué nadie me había dicho que podía ser así? Si hubiera tenido una advertencia, tal vez podría haberme defendido, pero tal como estaba...

Me embistió de nuevo llegando tan, tan profundo que me estremecí a su alrededor de una forma completamente nueva; una nueva serie de detonadores de placer se activó en mí.

Le clavé las uñas en los hombros, aunque no estaba segura de que lo sintiera por su chaqueta. Pero sintió algo, por lo menos, porque entonces se corrió. Me folló contra la pared con embestidas desesperadas y me inmovilizó como si fuera una mariposa capturada. Ambos teníamos la respiración entrecortada y temblamos mientras él estallaba en mi interior.

Luego se inclinó hacia mí. Su aliento se sintió cálido y crudo en mi oído.

—Ahora tienes la marca Radcliffe en todos los lugares posibles. Estás cubierta de mí por dentro y por fuera.

Me estremecí y me aferré a él durante los últimos momentos que pude antes de que él se apartara, porque Dios, eran simultáneamente las palabras más correctas y las más incorrectas que pudo haber dicho.

Porque no tenía ni idea del poder de un nombre, ni de que era todo lo que quería en el mundo.

Después de todo, su nombre era la razón por la que estaba aquí. Devolvería estas joyas al final de la noche, pero el nombre Radcliffe sería mío cuando termináramos.

CAPÍTULO 8

Beau

—Ahora que hemos regresado a nuestra habitación, creo que es necesario darte un castigo —dije, cerrando la puerta detrás de nosotros.

Un hambre oscura me poseyó, y solo había una forma de saciarla.

—¿Un castigo? —Tenía los ojos bien abiertos, pero la sonrisa pícara en su rostro me decía que sabía con exactitud lo que estaba por venir... lo que me debía.

—Las joyas de mi familia deben tratarse con cuidado y respeto en toda ocasión. Los diamantes Radcliffe nunca deben mancharse de champán —empecé a sermonear mientras llevaba las manos a la hebilla de mi cinturón y me lo desajustaba lentamente.

—¿Ah, de verdad? —dijo, mientras retrocedía hacia la cama. Pasó las yemas de los dedos por los diamantes que cubrían su cuerpo y agregó—: ¿He sido una chica mala?

—Una chica muy mala.

Agarré mi cinturón y lo saqué de las presillas. El silbido

del cuero al soltarse y el sonido metálico de la hebilla hicieron que Abilene mirara hacia abajo con los ojos aún más abiertos.

—¿Qué... qué tienes en mente? —Su fanfarronería se estaba desvaneciendo y pude percibir un destello de miedo mezclado con deseo en sus ojos.

En lugar de responder con palabras, la cogí por el brazo y le di la vuelta para inclinarla sobre la cama. No había ropa que se pudiera interponer en mi camino, y su culo firme y cremoso era el objetivo perfecto. Sin vacilar, aterricé el cinturón de cuero sobre su trasero, y me fascinó la combinación del sonido con su chillido de sorpresa.

—Voy a darte unos azotes en este culito tuyo para enseñarte cómo llevar correctamente el apellido Radcliffe.

Para mi sorpresa, Abilene no cambió de posición. Mantuvo su trasero al aire al mismo tiempo que se inclinaba sobre el colchón. Los diamantes brillaban en la tenue luz de la habitación cuando rozaban la cama. Su cabello rojizo se había soltado del peinado recogido que llevaba antes, y unos rizos carmesíes le besaban la piel.

Aterricé mi cinturón una y otra vez, encantando por el sonido de sus jadeos y gemidos. Pero lo que más me gustó fue que se quedó quietase sometía a mi dominancia, y a duras penas podía soportar no tener mi pene enterrado en su interior. Trataba de enfocarme en la tarea que tenía entre manos, así que la azoté con más fuerza, observando cómo su nívea piel se enrojecía con cada latigazo.

—Duele —gritó.

Repliqué con otro azote.

—Beau...

Y otro.

Mi dominancia anhelaba darle más nalgadas, y su sumisión parecía exigirlo. Una y otra vez, hice aterrizar el cinturón hasta que cada centímetro de su piel pareció como si el fuego la hubiera acariciado. Sus suaves quejidos se estaban transformando en gemidos e incluso gritos y, sin embargo, nunca cambió de posición.

Era endemoniadamente precioso.

E incluso cuando me detuve y tiré el cinturón al suelo, mi perfecta gatita sumisa permaneció en su posición esperando su próxima orden.

Dios, la necesitaba. Quería abrazarla, acariciarla, protegerla por siempre y para siempre.

La cogí en brazos y la sostuve cuando todo terminó. Ella se acurrucó en mis brazos y supe que tenía que darle el cuidado que ambos necesitábamos. Besé su frente, su mejilla, la punta de su nariz y luego sus labios. Presioné mi cuerpo contra el de ella, metiendo mi lengua más allá de sus labios para tocarnos, para combinarnos.

Nos estábamos besando. Mis labios rozaron los suyos, suaves y generosos, y casi perdí la razón.

¿Qué diablos estaba haciendo? Yo sabía cómo eran las cosas. Estaba rompiendo mis propias reglas. Me estaba acercando demasiado. Demasiado, joder.

Y aun así... algo en esta mujer hacía que mi cuerpo se electrizara. Su delicada y genuina demostración de vulnerabilidad y sumisión fue como una inyección de adrenalina a mi libido. No era remilgada ni egocéntrica como tantas de las personas de mi pasado, sino dulce y sincera... al menos en el fondo. Eso lo podía ver en ella, sin importar cuánto tratara de esconderlo. Claro, podía llegar a ser increíblemente descarada, pero la verdad del asunto era que Abilene era una mujer poderosa con un espíritu que no había experimentado antes, y nunca me había excitado tanto.

Traté de presionar a Abilene contra la pared, pues

quería poseerla allí mismo. Su cuerpo perfectamente firme y con curvas no se movía ni un centímetro.

Ella negó con la cabeza.

—Hemos roto una regla, una de tus reglas. ¿Recuerdas el contrato? —Su sonrisa y el destello de picardía en sus ojos me decían que amaba cada minuto de esta regla rota, pero le encantaba tener la ventaja para señalar mi pérdida de control.

—¿En serio? —Sonreí seductoramente, mirándola—. Tal vez tenga que castigarte de nuevo por romper las reglas.

—¿A mí? —ronroneó mientras acariciaba mi oreja con sus labios—. Hacen falta dos para besar. —Comenzó a besar seductoramente el sendero a lo largo de mi cuello—. Tal vez debería hacerlo de nuevo solo para ver en cuántos líos puedo meterme.

—Abilene... —le advertí, sintiendo que volvía a perder el control y queriendo sentir mi lengua en una danza con la suya.

—Beau... —replicó ella, besándome más mientras el aire crepitaba entre nosotros.

—Aparentemente, no te aticé el culo lo suficiente.

—Ah, sí que lo hiciste... Quizá es que simplemente me gustó demasiado.

Sin poder controlarme ni un minuto más, la agarré y la empujé con fuerza contra la pared. Le cogí las manos, las coloqué por encima de su cabeza y las sostuve firmemente con una mano, mientras, con la otra, comenzaba a arrancarle las joyas. Tiré de ellas y la despojé por completo de cualquier rastro de las joyas Radcliffe antes de que pudiera respirar de nuevo. Presioné los labios con los suyos con una fuerza tal; con una pasión tan feroz.

Pasé a su cuello y comencé a besar, chupar y morder. Ya que aún tenía sus brazos inmovilizados, Abilene no tuvo más remedio que permitirme hacer lo que quisiera. Hincando ligeramente los dientes en su cuello, empecé a quitarme toda la ropa con la misma prisa y furia con la que la había puesto contra la pared. Ya había follado a esta mujer hoy, pero no podía hartarme. Besé uno de sus pechos y luego el otro; chupé cada pezón, mordisqueando cada uno levemente con los dientes. Ella jadeó, gimió y animó mi viaje en descenso por su abdomen con besos. Cuando llegué a mi destino final, besando cada centímetro de piel, lamí su monte de Venus hasta que suspiró eróticamente de deseo. Me moría de ganas de saborearla más en la privacidad de nuestra habitación, y ahondé en su húmedo agujerito con la lengua.

—Beau... —gimió ella, cogiéndome del cabello—. Fóllame. Necesito que me folles ya.

Por fin, la coloqué sobre el suelo, me puse sobre ella, clavé mis ojos en los suyos y nunca dejé de mirarla. Ella me miró fijamente uniendo nuestras almas, vinculando nuestra energía.

Me enterré dentro de ella y dejé de moverme. Tomarme aquel momento me hizo algo: sentí una conexión y una cercanía que nunca antes había sentido. Miré a Abilene a los ojos y me quedé contemplándola. Observé a la mujer a medida que nos convertíamos en uno.

—Eres mía —admití en voz baja, confundido por la avalancha de emociones que se precipitaban. Era mucho más que dominio y necesidad primitiva, como todas las veces que lo habíamos hecho antes. Ahora era mucho más.

—No quiero nada más que escuchar esas palabras.

Acerqué mis labios a los suyos y la besé hasta que sentí que nuestros labios se habían derretido. Su aliento era mío; mi aliento era suyo. Sentí su lengua moviéndose lentamente con la mía, la caricia de sus manos y el abrazo que lo siguió.

Introduje y saqué mi pene con un ritmo lento y sensual. Le acaricié el cabello y le sonreí con dulzura mirándola a los ojos.

No solo estábamos follando.

No estábamos tratando de calmar nuestras necesidades.

Estábamos...

Maldición, estábamos...

Sin decir una sola palabra, saqué mi miembro de su interior provocadoramente mientras besaba uno de sus pechos, y luego el otro. Chupé un pezón y continué con el siguiente rápidamente. Besé y lamí cada parte de su abdomen. No me cansaba. No podía hartarme de esta mujer. Necesitaba más; necesitaba a Abilene como nunca había necesitado a nadie en mi vida.

Me posicioné para poder embestirla una vez más, e introduje mi miembro en lo más profundo de ella. Salí rápidamente y volví a entrar con una fuerza de pura lujuria.

—Mírame a los ojos —le exigí.

La mirada de Abilene penetró en mi alma. No apartaba los ojos de mí, y me exigía que la mirara a los ojos. Quería el control y, sin embargo, sus ojos me exigían que se lo diera. Ella tenía el poder, sin importar cuánto tratara de resistirme.

Alcancé su rostro y lentamente tracé el extremo de su mandíbula con las yemas de mis dedos mientras ella provocaba mi orgasmo cada vez más.

La penetré con fuerza otra vez y comencé a dejar un rastro de delicados besos a lo largo de su cuello.

—Córrete por mí, Abilene. Quiero sentir tu coñito apretándome el pene.

La intensidad animal ardía en lo más profundo de mi ser mientras su sexo me obedecía. A medida que sus paredes vaginales se contraían a mi alrededor, ella susurró:

—Sí, señor.

Luego empezó a tener espasmos descontroladamente.

Una vez que su orgasmo menguó, yo me tumbé y dejé que Abilene se sentara a horcajadas sobre mí. Sus delgados muslos en cada costado de mi cuerpo hicieron que estuviera más cerca de mi clímax. Su cabello caía en cascada en torno a su rostro; sus ojos se veían perfectos y encantadores; y la forma en que gemía con cada movimiento de su cuerpo casi acababa con cualquier fragmento de control que aún tuviera en mi interior.

Cerré los ojos y comencé a mecerme con un movimiento rítmico. Un fuego se abrió camino por todo mi cuerpo. Sentí un infierno formándose, poniéndose más caliente con cada impulso, más caliente de lo que jamás podría haber imaginado. El calor hacía que cada gemido se hiciera más fuerte, que cada jadeo se volviera más irregular. Abilene echó la cabeza hacia atrás y me tomó las manos para colocarlas sobre sus pechos mientras me cabalgaba con un abandono salvaje. Ella bajaba al mismo tiempo que yo subía. Me moví con más rapidez, avivando el fuego hasta que por fin grité su nombre a la vez que ella sumaba sus sonidos de lujuria a los míos.

Mecimos lentamente nuestras caderas hasta que cada señal de nuestra culminación abandonó nuestros cuerpos. Lentamente, Abilene se apartó de mí y se acurrucó a mi lado. Nuestra respiración parecía ir al mismo ritmo mientras ambos intentábamos recuperar algo de normalidad.

La normalidad. ¿Qué diablos era lo normal?

Sentí que se me aceleraba el ritmo cardíaco y mi estómago dio un vuelco. Al instante, mi cuerpo saciado se puso tenso y rígido. El pánico se estaba apoderando de mí. Mis defensas se habían derrumbado lentamente frente a esta mujer, dejándome vulnerable.

Dejándome débil.

Necesitaba seguir siendo fuerte si quería superar estas pruebas. Esto no era un juego y nada más. Esta era mi vida, mi futuro. Y mi lado protector también se dio cuenta de que este también era el futuro de Abilene. Quería ayudarla a lograr lo que fuera que quisiera. Ella se lo merecía, y lo tendría. Me iba a asegurar de que así fuera.

Pero no pasaría si era débil.

—Eso fue... Lo de hoy fue... Vaya —murmuró Abilene, adormilada, mientras se acurrucaba más a mi lado.

Aunque la loca necesidad de envolverla en mis brazos y besarla y susurrarle promesas y dulces palabras atacaba mi alma, me levanté y caminé hacia la ventana para mirar hacia afuera y tratar de aclarar mi mente.

Se hizo un silencio en la habitación. Era pesado, sofocante. La realidad estranguló la escasa euforia que aún quedaba del alucinante sexo.

—Beau... —dijo finalmente Abilene en voz baja, acabando con la creciente tensión por medio del cálido tono de su voz.

Debería dejar de lado la precaución y volver a meterme en la cama con ella. Debería besarla de nuevo como quería. Debería acariciar su cuerpo y recordarle que era mío incluso después de que la neblina de dominación y sumisión hubiera desaparecido.

Debería darles rienda suelta a las reglas; soltar las restricciones.

Debería hacerlo.

Joder, debería hacerlo.

—Tenemos que apegarnos al contrato —dije, negándome a mirar a Abilene desnuda en la cama—. Por muy... sensual que haya sido lo de hoy, hemos cruzado una línea.

—¿Al besarnos?

Asentí con la cabeza, a pesar de que cruzamos la línea

de muchas más formas además de besarnos. Yo lo hice, por lo menos. Quizá yo tenía la culpa.

Respiré hondo.

—Tenemos un contrato por una razón.

—¿En serio? ¿De verdad vas a atarnos a ese estúpido contrato? Estuvimos bromeando sobre eso y ahora tú... ¿Lo dices en serio? —Sus palabras fueron severas, y no tuve que mirarla para saber que estaba enfadada.

Estaba bien que estuviera molesta; significaba que estábamos a salvo.

—Tenemos un acuerdo de negocios —continué.

—¿Estás de coña? —gritó—. Acabamos de tener sexo y de intimar más de lo que lo hemos hecho hasta ahora, y tú empiezas con la charla de tu acuerdo de negocios. Vete a la mierda, Beau. Vete a la mierda por ser tan idiota.

Bien. No me quieras. No quería agradarle a la gente que hacía negocios conmigo. Era todo blanco y negro, frío y al grano. Quería que me respetaran, no caerles bien. Negocios eran negocios.

Me di la vuelta para enfrentarla y lo lamenté al instante. Su furia solo la hacía ver más sensual.

—No te enojes —exigí—. Dejé muy claro desde el principio lo que se esperaba de nosotros. Lo que tú y yo estamos haciendo empieza a ponerse... caótico. Solo lo menciono para que podamos mejorar nuestras acciones.

—¿Caótico? —Dijo la palabra con calma, lo cual no hacía más que enseñarme la furia en sus ojos con mayor claridad.

—Sí, caótico. No hago más que señalarlo.

Ella movió las piernas a un lado de la cama y se dirigió al cuarto de baño... de nuevo.

—Bueno, eso no está bien. A nadie le gusta lo caótico.

El último sonido en la habitación fue su portazo.

CAPÍTULO 9

Abilene

Caótico. Caótico. Le enseñaría lo que era caótico.

Fulminé a Beau con la mirada, que estaba inconsciente al otro lado de la cama. Dormía en paz porque, por supuesto, lo estaba. Al parecer, ese era el tipo de hombre que era él. Podía tener sexo increíble y de otro mundo conmigo que se sentía tan, tan...

Tragué con fuerza y me apreté los ojos con las manos. Maldición, aquí la única estúpida era yo. Un hombre que prometía cosas y decía palabras dulces mientras trataba de meterse entre tus piernas era el truco más viejo de todos.

«Eres mía». Y entonces fui como una imbécil y le admití lo mucho que quería oírlo diciendo eso. ¡Vaya estúpida!

Me quité las sábanas de encima y me levanté de la cama. Beau ni siquiera se movió. Y en el momento en que mis pies tocaron el piso, mi estómago dio un vuelco, y no en el buen sentido. Joder, otra vez no. Volví a recostar la cabeza. ¿En serio? No necesitaba esto ahora mismo.

No había comido mucho en la cena y tener el estómago

vacío no era buena idea. Pagaría un precio alto si no intentaba comer algo ya; pero no era como si pudiera explicarle mis necesidades alimenticias a nadie en este sitio, exactamente. Ja.

Miré con furia a Beau, que seguía roncando como si todo en el mundo estuviera bien. Supongo que así era, pues estaba pasando sus pruebas sin ningún problema y dándose gustos regularmente con un bombón que le rogaba por ser su juguete sexual... Dios mío, ¡me sentía tan tonta por lo de hoy!

A la mierda las estúpidas reglas arcaicas de este sitio que decían que las mujeres no podían salir de la habitación sin un acompañante masculino. Era pura basura misógina. Y tal vez era más estupidez e imprudencia, pero en estos momentos no me importaba una mierda. Me puse una bata, fui hasta la puerta, la abrí y me aventuré por el oscuro pasillo.

Mi corazón empezó a acelerarse de inmediato. Era ridículo que caminar por una casa a oscuras se sintiera tan ilícito. Era como si fuera una adolescente que llegó a casa más tarde de lo que le habían permitido. Sí, sí, sabía que había consecuencias, pero justo ahora, en este momento en particular, todas sus reglas y pequeños rituales se sentían absolutamente tontos. No eran más que un montón de ricachones de mierda con demasiado tiempo libre entre manos que jugaban a los disfraces. Los demás vivíamos en el mundo real: el mundo en el que te daba hambre a mitad de la noche y querías bajar a la cocina para tomar un tentempié de mierda.

Aun así, traté de permanecer en las sombras mientras me escabullía por la oscura mansión. De vez en cuando, los apliques de luz me ofrecían suficiente luz para ver hacia donde me dirigía, y recordaba dónde quedaba la cocina. Ah, definitivamente la había fichado durante mi recorrido con Beau.

Me mantuve alerta, pero el lugar estaba en silencio, y de una forma bastante inquietante, si era honesta. No creía en fantasmas, o por lo menos no en los que se aparecían en las casas. No, estaba más familiarizada con los fantasmas que se aparecían en los recuerdos, esos sí eran muy reales. Tina me rondaba con frecuencia, e imaginaba que estaba viva y coleando en algún lado del mundo. Pero no me daba miedo que se me apareciera un espectro enojado de la era de la Guerra Civil. En mi experiencia, los vivos hacían mucho más daño que los muertos.

Dios, hoy Beau se había vuelto contra mí como si hubiera pulsado un interruptor...

Ya me había pasado antes. Tina era así. Juró que éramos hermanas, hermanas de diferentes padres, hermanas de por vida. Eso es lo que me dijo.

La conocí cuando tenía catorce. Me habían dejado con otra de las tantas familias de acogida, y tan pronto como mi trabajadora social aparcó frente a la decrépita casa rodante con juguetes de niños y piezas de bicicleta desparramados por toda la entrada de tierra, supe que esta no era más que una parada de pesadilla.

Empecé a llorar y le rogué a la trabajadora social que no me dejara allí. Dijo que los Morrison eran personas perfectamente buenas y que estaban cuidando de otras tres niñas que tenían solo un par de años más que yo. ¿Es que no quería amigos? ¿No estaba cansada de compartir una habitación y un inodoro con todas las otras niñas en el orfanato? ¿Es que no me acosaban? Había movido los hilos para conseguirme este hogar, y si no le iba a mostrar gratitud, entonces daría la media vuelta con el auto y se lo daría a otra niña que lo mereciera más que yo.

Salí del auto.

Los Morrison sonrieron e hicieron un gran espectáculo de recibimiento a su hogar en presencia de la trabajadora social, pero ni siquiera eran tan buenos actores, pues podía ver sus intenciones. Yo no les importaba una mierda; era evidente que lo hacían por el pago. O bien la trabajadora social de verdad no tenía ni idea, o estaba demasiado agotada con su carga de trabajo como para que le importase. Dejarme allí era una casilla que podía marcar, y sin echar un segundo vistazo a su alrededor, ya estaba levantando gravilla con su limpio y diminuto Pontiac mientras arrancaba.

Las primeras palabras que me dijo Ray Morrison fueron para ordenarme que le llevara una cerveza. Cuando no me moví lo bastante rápido, empezó a insultarme.

Rápidamente me arrepentí de haber salido de aquel auto.

Excepto por Tina. Tenía seis meses viviendo con ellos, y me acogió a mí bajo su ala. Me enseñó a evitar el peor lado de la ira del señor Morrison y a apartarme del camino de la señora Morrison cuando empezaba a beber. Pasaba horas observándola maquillarse, escuchándola hablar sobre chicos, las zorras de la escuela, y acerca de que se iba a mudar a Los Ángeles para ser una actriz famosa algún día. Para mí, ella era más glamurosa que cualquier actriz de las revistas de moda. Era una diosa, y no podía creer que se dignara siquiera a pasar tiempo con una insignificante chica como yo.

No me di cuenta sino hasta muchos años después, pero lo más probable es que a Tina le gustara tener audiencia. Le gustaba oírse a sí misma, pero era mucho mejor cuando tenía un acólito adorador para que se tragara todo lo que decía. Y en cuestión de un año, también demostré ser una cómplice útil en sus frecuentes planes de robar tiendas.

Yo distraía mientras ella se metía sus cosméticos favoritos en el sujetador. A partir de allí no hizo más que escalar. Yo nunca quise hacerlo, pero Tina hacía que pareciera tan sencillo y genial... Y funcionaba.

Solo nos pillaron una vez. Bueno, mejor dicho, me pillaron a mí. Tina era quien distraía, o se suponía que era lo que debía estar haciendo, y yo estaba robando la mercancía. Pero la dependienta miró hacia donde estaba yo y luego llamó a su sobrino para que me atrapara. El sobrino había estado de pie detrás de mí y yo no me había percatado de su presencia.

Tina salió corriendo cuando vio que me pillaron, y no la culpé. Si hubiera estado en la misma posición, yo también habría huido. Por lo menos eso es lo que me dije a mí misma. Ya era bastante malo que hubieran atrapado a una de nosotras, no había necesidad de que ambas nos metiéramos en un lío. No había ninguna necesidad de ello... excepto que sabía que no había forma en que yo hubiera dejado atrás a Tina. Éramos hermanas de sangre. Habíamos hecho un ritual en el que nos cortamos las palmas de las manos y nos dimos un apretón y todo eso. Habría muerto por ella.

Pero ella huyó. La dependienta fue muy decente conmigo, considerando la situación. Podía llamar a mis padres o al 911, era mi elección.

Así que le di el número de Ray, que se puso furioso en el momento que llegó a recogerme y se mostró en extremo apenado con la dependienta cuando pagó por los cosméticos y pendientes que había tratado de robar. Y me golpeó hasta dejarme llena de morados luego de llegar a casa.

Pero aquella noche Tina me cogió en brazos mientras yo

sollozaba del dolor, así que eso era algo, ¿o no? Nunca se disculpó, pero es que no había hecho nada malo, tampoco.

Con la excepción de que ese fue un patrón que se repitió una y otra vez. Aquel día no fue más que el primer pedacito que me quitó, pero, cada día, cada mes, cada año, me quitaba otro pedazo, y otro, y otro más. Tomaba más y más sin darme nada a cambio. Me decía lo mucho que me quería y que éramos como uña y carne, que éramos nosotras contra el mundo...

Al final, me abandonó sin más drama, trascendencia o consideración que con la que se aplasta a un mosquito. Pensó que su novio me estaba prestando más atención que a ella, sintió celos y se mudó con él a otra ciudad. Pasó de mí luego de cinco años juntas, como si nunca hubiera sido nada para ella...

Porque no lo había sido. Siempre había sido desechable. Valía la pena tenerme cerca solo mientras fuera útil.

Pestañeé para contener una tonta lágrima al mismo tiempo que llegué a la cocina. Era estúpido pensar en estas cosas ahora. Estaba husmeando a las dos de la mañana en una pervertida mansión sexual, cielos. No era hora de desenterrar un pasado que estaba mejor muerto y bajo tierra simplemente porque Beau Radcliffe podía cambiar sus emociones como mi vieja y sociópata mejor amiga/hermana. Bueno, no era nada del otro mundo.

Solté un suspiro sonoro y luego puse los ojos en blanco. Me detuve, tratando de acallar mi cuerpo y mi mente para escuchar. Hacía tanto silencio como antes. Bien. No es que me sorprendiera; estaba segura de las demás almas estaban metidas en sus camas, roncando tan pacíficamente como Beau. Aquí no existían consciencias atribuladas.

Sacudí la cabeza y empujé la puerta. Había menos luz en la cocina, y se hizo aún más oscuro cuando me dirigí a la alacena. No quería arriesgarme a encender la luz, así que tanteé los estantes. Saqué varias cajas una por una. Cereales... cereales... filtro de café.

Toqué el estante que estaba más abajo, saqué la caja de cartón que se sentía como si tuviera buena forma y la alcé para verla en la luz.

Eran galletas saladas. ¡Bingo!

Abrí la caja y me llevé varias a la boca, tras lo cual volví a moverme cerca del refrigerador. De verdad esperaba que tuvieran un poco de...

Descifré dónde estaba la puerta del refrigerador y, ¡vamos!, saqué una *ginger ale*. Era una cena para campeones.

Estaba destapando la *ginger ale* cuando, de repente, la cocina se iluminó por completo.

—¿Qué crees que estás haciendo, muchacha?

Me di la vuelta tan rápido como pude al oír la cantarina voz escocesa. Casi derramé la bebida que acababa de abrir.

—Cielos, ¡me has dado un susto de muerte! —dije cuando vi a la rellena ama de casa.

Me estaba fulminando con la mirada, con los brazos cruzados, y llevaba puesta una bata rosa con volantes que nunca me hubiera imaginado como su elección de estilo.

—Baja la voz —siseó, bajándose el dobladillo hasta las rodillas recatadamente—. ¿Quieres despertar a toda la casa?

Interesante. Siempre había tenido la impresión de que la mujer me detestaba. Siendo sincera, me sorprendía que aún no estuviera gritando a todo pulmón que había una fugitiva.

Debería sentirme más asustada, ya que había muchas cosas en juego. Pero después de lo de esta noche, no lo sé, todo por lo que había estado trabajando tanto...

—No sé si crees que te estás saliendo con la tuya, furcia, pero no engañas a nadie. —Señaló mis galletas y mi *ginger ale*—. ¿De cuánto estás?

Primero me reí. ¿Furcia? ¡Esa no la conocía! Pero después procesé el resto de su oración y...

Me quedé blanca como el papel. Mierda. Iba a desmayarme.

—¿De qué estás hablando? —Bufé y me acomodé el cabello.

Ella entrecerró los ojos.

—No me insultes, muchacha. Estás embarazada, ¿no es así? ¿Cómo lograste eludir al doctor en el examen inicial? No te molestes en tratar de negarlo, ¡o te obligaré a orinar en una tira antes de que acabe la noche! Y eso si no despierto a toda la casa para decirles que han sido embaucados por una mentirosa y que te descalifiquen aquí y ahora.

Me enderecé y no me molesté en negar nada. Vale, me había descubierto.

—No te atreverías a hacerlo, te preocupas demasiado por Beau. Es por eso que aún no has despertado a todos. Descalificarme significaría descalificarlo a él también, y no quieres que falle.

En sus ojos apareció un brillo de aversión; quizá, incluso, de odio. Le era leal a Beau y probablemente a todos los muchachos que habían crecido en la mansión. Tendría que andar con mucho cuidado.

Levanté las manos.

—Mira, no voy a joder a nadie.

—Es demasiado tarde. Has puesto a Beau en peligro con tus mentiras y manipulaciones. Ahora dime cómo burlaste al doctor.

Puse los ojos en blanco.

—No fue tan difícil. Había demasiadas chicas a las que recibir esa noche. Sabía que ustedes tienen acceso a todos nuestros historiales médicos de antemano. Fui a una clínica y me puse la inyección anticonceptiva, con la excepción de que le pagué al doctor para que no me la colocara en verdad, pues ya estaba embarazada. Luego convencí a su doctor para que no inyectara dos veces, porque ya estaba en mi historial. Y estaba tan ocupado que me siguió la corriente.

El rostro de la señora H se oscureció.

—Y conocías a Beau previamente, así que tu presencia aquí no es ninguna coincidencia.

Al diablo, bien podría contárselo todo. Me puse a su altura con la mirada y me enderecé.

—Es su hijo. Me dejó embarazada la primera noche que tuvimos sexo hace dos meses. Es por eso que estoy aquí, para asegurarme de que este bebé tenga todo lo que se le debe. Me niego a dejar que mi hijo crezca como yo lo hice. Este niño tendrá el apellido de su padre y todo lo que viene con él. No va a ser un niño desheredado y desechable, sino un *Radcliffe*.

Pero la señora H ya se encontraba negando con la cabeza.

—Eres una mentirosa. Conozco lo bastante a mi Beau como para saber que es cuidadoso. Te quedaste embarazada de otro hombre y entonces viste una oportunidad, porque eso es lo que eres, ¿verdad? Una oportunista. —Me miró con desdeño—. Puedo reconocer a las de tu tipo a un kilómetro de distancia.

Me reí con amargura y asentí.

—Sí. Mira, esta basura es exactamente lo que no necesitaba cuando me di cuenta de que estaba embarazada y supe quién era el padre luego de buscarlo por Google. Sabía que tendría que afrontar este tipo de mierda.

—No hay forma de que hayas recibido una invitación. Eres una mentirosa y una tramposa, así que no intentes compartir conmigo tu tristísima historia.

Me puse las manos en las caderas.

—Tienes razón. El mismo Beau me contó sobre estas locas pruebas de mierda la noche en la que estuvimos juntos.

—Mide tus palabras —espetó.

Yo desvié la mirada.

—Así que investigué. Descubrí dónde quedaba este lugar. —No necesitaba saber que me lo dijo una antigua bella—. Hice vigilancia, seguí la limusina cuando salió y me encontré con una chica, Abilene, justo después de que hubiera recibido su invitación. Entonces le ofrecí intercambiar lugares.

—Eres una sucia traidora —dijo la señora H, furiosa.

Me limité a mirarla y sacudir la cabeza.

—No sé por qué me molesté siquiera en intentar explicártelo. Es evidente que nunca has estado en una posición difícil si no puedes entender que necesitaba entrar aquí. Necesitaba una forma de averiguar si este hombre podría ser el tipo de padre que quiero para mi hijo, y una forma de exigirle que ofreciera el apoyo que le debe a su propia sangre. —Levanté las manos y me sentí estúpida por continuar argumentando mi caso, pero lo hice de todas formas, porque quizá se sentía bien contárselo en voz alta a alguien, incluso si ese alguien era esta rígida mujer.

—¿Crees que no sé que pedirán pruebas de ADN? Claro que lo sé. Y demostrará que este niño es de Beau. —Me toqué la panza y tragué con fuerza. Dios mío, todavía me asustaba y me impresionaba el darme cuenta que había un ser pequeñito creciendo en mi interior.

A los dos meses eran del tamaño de una uva. Lo había leído en un estúpido sitio web de maternidad y nunca lo olvidé. No sabía por qué siempre explicaban los tamaños de los bebés con frutas, pero no pude olvidarlo. Era mi pequeño bebé uva.

La miré.

—No sé nada sobre ser mamá. Estoy aterrorizada, pero voy a hacerlo, y lo haré estupendamente bien. Pero necesito protección. Quiero que mi hijo tenga un padre, pero tampoco quiero que nadie me quite a mi hijo. Y sí, quiero el apoyo que me merezco. ¿Crees que tendría algún derecho en un tribunal en comparación con la riqueza y el poder de esta gente?

Señalé la opulencia de la enorme mansión a mi alrededor mientras estábamos de pie.

—¿Crees que no me aplastarían si lo quisieran? Conozco cómo funcionan las cosas en este sistema. Necesito arrebatar todo el poder que pueda en esta situación. Vengo de la nada. —Aferré mi panza con más fuerza, y mi convicción aumentaba mientras más hablaba. Dios, no podía creer que hubiera perdido el norte por un momento, sin importar cuánto hubiera confundido las cosas el tener sexo con Beau —. Pero mi hijo no vivirá en «la nada». Va a tener una buena vida. Una vida brillante, joder.

Y tras eso me llevé otra galleta salada a la boca, porque tenía las náuseas de mil demonios. Eran terribles por las mañanas. Incluso las mañanas que eran tarde por la noche..., o las del mediodía, o a cualquier hora, en realidad, porque quienquiera que le hubiera puesto el nombre de «náuseas matutinas» era un mentiroso de mierda.

Pero sí, era peor por las mañanas. Era por ello que pasaba varias horas en el cuarto de baño luego de levantarme. Por lo general vomitaba hasta las tripas por una hora como mínimo, luego me tumbaba en el frío piso por otra hora, y entonces trataba de limpiarme y ponerme presentable por una media hora más antes de tratar de comer algo en el desayuno.

La señora H me miró con los labios fruncidos durante varios minutos largos y silenciosos. Relajó los brazos, luego se volvió a cruzar de brazos. Apretó la mandíbula. Abrió la boca..., y luego la volvió a cerrar.

Por fin, negó con la cabeza y me señaló con un dedo.

—Tienes hasta la prueba de mañana por la noche para contarle a Beau todo lo que me has dicho a mí. Porque, si no lo haces, entonces yo lo haré.

Entonces cogió una impecable caja blanca de la encimera de la cocina y la llevó a la izquierda del horno.

Me extendió la caja. Yo la cogí, tropezando un poco por el movimiento inesperado.

—Hasta mañana por la noche.

Ahora que no tenía la caja en la mano, volvía a señalarme el rostro.

—Y lo juro por Dios, muchacha, que si mientes, la ira de Dios caerá sobre ti. Tienes hasta mañana por la noche. O ya verás. —Me miró con ira junto con su última advertencia.

Yo sostuve la caja contra mi pecho y asentí, más que atemorizada por esta imponente mujer.

—Entendido.

—Ahora vete. ¡Mueve el culo y sube las escaleras antes de que alguien te vea!

No cabía ninguna duda de que moví el culo.

CAPÍTULO 10

Beau

Abilene había estado comportándose extraño todo el día. Sus ojos verdes parecían moverse por toda la sala evitando cualquier conexión con los míos. Casi parecía que se sentía culpable por alguna razón desconocida, o que quería decirme algo. Movía las manos de forma inquieta, caminaba de aquí para allá como una leona enjaulada, y permanecía en silencio todo el día.

Esa mujer me tenía en vilo. Esperaba que estuviera enfadada conmigo. Incluso me esperaba alguna rabieta y que me diera la ley del hielo. Me había comportado como un imbécil después del sexo y lo sabía; pero su comportamiento era todo menos esperado, y detestaba no poder analizarla. Sería una increíble oponente en una negociación, pues era imposible descifrar verdaderamente sus emociones.

—Vale, suficiente de esto —dije por fin mientras cerraba la portátil y enfocaba toda mi atención en ella—. ¿Qué ocurre?

—¿A qué te refieres? —me preguntó, sin volverse hacia mí mientras miraba por la ventana.

—Tu comportamiento ansioso de hoy casi me vuelve loco. No es típico de ti.

—Bueno... —Respiró hondo y se volvió para mirarme—. Sí estoy nerviosa.

—¿Por lo de esta noche? —pregunté, echando un vistazo a la caja de la prueba para esta noche—. ¿Por los collares blanco y rojo?

Abrió la boca para hablar, la cerró, y luego miró la caja que dijo que la señora H nos había entregado cuando me encontraba en el cuarto de baño esta mañana.

—¿Qué significan esos colores? ¿Blanco... rojo...?

—Significa que serás compartida con los otros ancianos —dije con total naturalidad—. El rojo significa que te compartiré con personas que yo decida. El blanco significa que puedes ser compartida por todos.

—Dios mío...

—No será una prueba muy buena... pero es por eso por lo que vinimos, ¿no?

—Sí, claro. Es por eso —repitió, pero me percaté por su tono que no estaba de acuerdo con lo que dije—. Solo necesito sacudirme los nervios de encima.

—No has estado así de nerviosa o preocupada antes de ninguna de las pruebas, ¿por qué ahora sí? —No me creía su historia.

Se encogió de hombros y volvió a centrar su atención a la ventana.

—Abilene...

Todavía sin mirarme, dijo:

—Sabes... He pasado estos días en la mansión tratando de comprenderte. He intentado ver qué clase de hombre eres en verdad en el fondo.

—¿Y cuál es el propósito de eso? —le pregunté.

—Poder conocerte.

—No necesitas conocerme para completar las pruebas. Solo tenemos que mantenernos concentrados y apegarnos al plan.

—Sí, el contrato —musitó, pasando los dedos por la tela de las cortinas—. ¿Cómo podría olvidarlo?

—Sí, el contrato —repetí—. Sé que fui un imbécil anoche, y aunque lo que dije, lo dije en serio, no era mi intención que saliera con tanta severidad y frialdad como salió. A veces digo lo que pienso sin darme cuenta de cómo lo perciben los demás. Lo lamento si te lastimé.

—No me lastimaste —espetó—. Sé a lo que vine. No necesito que me lo recuerdes.

—Bien —dije, levantando la caja de collares y pasándosela—. Necesitamos alistarnos. No podemos llegar tarde. Escoge el color que quieras.

—Pues el blanco será —dijo mientras cogía el collar—. ¿Y qué? No es que te importe. No es más que otra prueba que debemos pasar, ¿verdad?

No esperé que dijera otra palabra, sino que cogí mi traje y me dirigí al cuarto de baño. Sentía la molestia corriendo por mis venas y no podía descifrar el porqué. ¿Era porque estaba enfadada conmigo? ¿Me importaba lo que pensara? ¿Es que tenía problemas con las reglas del contrato que yo mismo hice, y que el mundo blanco y negro en el que me gustaba vivir se hacía más gris a diario?

Algo era seguro, esta sensual pelirroja conseguía afectarme sin importar cuánto intentara luchar contra ello. Me asombraba que Abilene pudiera caminar completamente desnuda sin nada más que un collar blanco y mantener la cabeza erguida, los hombros rectos y un nivel de confianza que nunca había visto en una mujer. No estaba avergonzada ni apenada. No se escondía detrás de mí ni trataba de cubrirse con una bata por el máximo tiempo que pudiera. Aceptaba su situación con mucha gracia y mucho... poder.

Cuando entramos al salón de baile, el sonido de un cuarteto de cuerdas tocando fue lo primero que escuché. Pero la elegancia pronto llegó a su fin cuando lo primero que vi fue el comienzo de una orgía. Ni siquiera busqué a mi padre, verlo en este ambiente sería extraño. Me sorprendía que estos hombres con los que había crecido y a los que admiraba fueran unos sucios desgraciados.

No me consideraba un santo, en realidad todo lo contrario, pero tampoco tenía ganas de ver los penes de otros hombres en todo su esplendor. Sinceramente, solo quería regresar a la habitación, tirar a Abilene a la cama y follarla con tanta pasión salvaje como la de anoche.

Mi miembro se endureció ante la idea de volver a estar en lo más hondo de ella. Y tal vez hoy, como bonificación, le daría un castigo a su culito apretado por su malhumor.

—Que comience la diversión —dijo Abilene, interrumpiendo mis pensamientos. El sarcasmo en su voz era bastante evidente.

No esperó a que yo dijera nada, sino que fue y se acercó a las demás mujeres. Los miembros de la Orden del Fantasma de Plata ya estaban tocando, introduciendo sus dedos, poseyendo y follando como lo desearan. Advertí a mi amigo Rafe sentado en una silla de respaldo alto que flanqueaba la pared junto a los demás. Decidí que le acompañaría a ver el espectáculo. No sabía qué más se esperaba que hiciera, pero pensé que sería mejor seguir las acciones de Rafe en este sentido, ya que él tenía más experiencia que yo.

Cuando me senté, me di cuenta enseguida de que Rafe no tenía ninguna intención de sostener una conversación conmigo. Sus ojos, enfocados en su bella, cortaban tanto como una navaja, y la ira en su interior tenía un fuerte olor a peligro. Decidí que era mejor sentarme en silencio, ver a mi bella enfrentar esta... invasión, y continuar con la noche.

Había docenas de chicas preciosas en el salón. Había un montón de imágenes sensuales frente a mí que podrían cautivar mi atención toda la noche, y sin embargo... no despegaba los ojos de Abilene. Nadie se comparaba con ella, y también parecía que esa pequeña bribona lo sabía. Su confianza rayaba en arrogancia, lo cual me encantaba. Esos ojos verdes me provocaban, me desafiaban a ponerme en pie y reclamarla. Y cuando un hombre con una túnica plateada se acercó a ella y pasó las manos por sus pechos perfectos, casi me vengo abajo.

Pero me negaba a dejarla tener ese poder. Llevaría mi atención a otra parte. Ella había elegido el collar blanco, así que la dejaría enfrentar todas las ramificaciones que eso conllevaba. Y aunque ver a estos hombres comenzar a tocarla y acariciarla como si no fuera más que un pedazo de carne me volvía loco por dentro... no iba a demostrarlo. No. Me sentaría aquí y tomaría un sorbo de mi bebida sin preocuparme por nada. Podía superar esta prueba. Podía ignorar lo que estaba pasando. No podía... importarme.

Era blanco y negro. Tenía que apegarme al plan.

Y me estaba yendo muy bien con ese plan, hasta que vi al señor St. Claire, no muy lejos de Abilene, acariciarse el miembro de forma rápida y tosca mientras se preparaba para dominar a una de estas pobres mujeres. Todo lo que me seguía repitiendo a mí mismo era que más le valía que no fuera con mi mujer. No con la mía.

—Tráela aquí —le dijo a la mujer más cercana—. Quiero apretarle esas tetitas mientras la follo por el culo.

Más hombres se reunieron a su lado con evidente interés en los rostros. Más manos bajaron para tocarse sus miembros. No tenía idea de cómo encontraban esto tan sensual o excitante. Incluso mirarlo me enfermaba. Quizá era porque Abilene seguía demasiado cerca para mi comodidad.

Uno de los hombres agarró una mujer a quien follaba otro de los ancianos y la obligó a arrodillarse frente al miembro de St. Claire. Ella soltó un gritito de sorpresa, pero el ruido se vio rápidamente ahogado por St. Claire, quien metió su pene hasta su garganta.

—Tú. —El señor St. Claire le hizo un gesto con la mano a otra chica—. Ven aquí, chúpame las pelotas. Y tú...

Hizo otro gesto. Este estaba dirigido a Abilene. ¡Mierda!

Pareció aterrorizada cuando el señor St. Claire le volvió a gritar al no moverse al acto. Este era el padre de uno de mis amigos más cercanos. Si Walker tuviera que ver esto... Joder... ¿Por qué yo tenía que verlo? Eran unos enfermos de mierda todos ellos.

—Masajéame la próstata. Haz que me corra como un caballo de carreras —le gritó.

Ella me miró con desesperación, como si esperara recibir mis instrucciones, pero no pude evitarlo. No podía hacer nada porque eso sería romper nuestro contrato. Significaba que me importaba. Estaría demostrando que esto era más que un simple trato de negocios.

¡No era más que un maldito trato de negocios!

Sí... era un mentiroso de mierda.

Tardó en obedecer, así que el señor St. Claire rugió:

—¡Ahora! Te he dado una maldita instrucción, niña. ¡Eso que tienes en tu puto cuello es un collar blanco, así que méteme los dedos en el culo antes de que decida follar el tuyo y mostrarte así lo que se siente un hombre de verdad!

Tenía que apartar la mirada. No había forma de que pudiera quedarme sentado y ver a Abilene metiendo sus dedos en el padre de Walker. Solo podía soportarlo hasta cierto límite. Pero el grito que le dirigió me obligó a volver a mirar en su dirección.

—Joder, no dije que me metieras los dedos en el ano —rugió el señor St. Claire, volviéndose tan violentamente que su miembro salió de las bocas serviciales de las otras mujeres—. Dije que me masajearas la próstata.

Abilene se limitó a pestañear, conmocionada, y pareció tener un poco de miedo. Estaba asustada. Estaba asustada de muerte, y me tomó todas mis fuerzas no salir corriendo hacia ella y patearle el peludo culo a St. Claire frente a todos. Pero era un anciano, y estábamos en medio de una prueba. Teníamos que concentrarnos en nuestra tarea o arriesgarnos a perderlo todo...

Entonces el señor St. Claire puso los ojos en blanco.

——Dios mío, Beau, podrías enseñarle a tu bella los malditos aspectos básicos de complacer a un hombre. Uma, vuelve allí atrás y enséñale dónde está la puta próstata de un hombre. —Entonces me fulminó con la mirada—. Considera esto como un maldito favor.

Hice lo mejor que pude para ofrecerle una sonrisa desinteresada y alcé mi copa de borbón a modo de brindis. Me costó todas mis fuerzas no ponerme en pie y gritar de furia.

¿Por qué estaba sintiendo ira?

Afortunadamente, cuando estaba llegando al límite, Montgomery se acercó y me dijo:

—Respira profundo.

—Estoy bien —mentí mientras tomaba otro sorbo de mi bebida—. Todo es parte de la prueba. Hay que enfocarse en el final.

—Si te hace sentir mejor decir eso en voz alta, entonces adelante. Pero te conozco, amigo. Esto te está destrozando por dentro.

—Como dije, estoy bien.

Pero no lo estaba. ¡No lo estaba!

«¡No toques lo que es mío, maldita sea!»

No había reglas esta noche, que yo supiera. ¿Quién dijo que tenía que quedarme sentado y mirar? Quedaba claro que un collar blanco significaba que otros podían tocar a las mujeres como quisieran, pero el hombre que se interpusiera en el camino de mi bella mientras me daba placer tendría que andarse con mucho cuidado.

Marché hacia ella, agarré su cabello carmesí con una mano e hice que se arrodillara. La enérgica acción bastó para hacer reír a St. Claire.

—Permítame darle una lección a mi bella —le dije, esperando que ser agresivo con Abilene pudiera distraer a St. Claire sin ofenderlo—. Debería saber cómo complacer a un anciano, y ahora que ha fallado en eso, tendrá sus consecuencias.

El padre de Walker volvió a reír y centró su atención en otra mujer.

—Por supuesto. Toda tuya.

Me desabroché los pantalones, me saqué el miembro y, bajando la mirada para ver su rostro sorprendido, le ordené:

—Chúpamela. Ahora.

No se lo pedí. No iba a ser educado. Quería que todos en este salón, incluida Abilene, supieran que era mía. Mía y solo mía.

Sujeté mi pene y lo llevé a sus labios al mismo tiempo que la guiaba por el cabello —el cual aún no soltaba— para que se acercara a mí. Esto no iba a ser amoroso ni afectuoso. No sería un momento de conexión. Esto se trataba de la lujuria, de reclamar de forma primitiva y animal lo que me pertenecía. Y Abilene lo sabía, porque, sin detenerse ni dejar de mirarme a los ojos, abrió los labios y pasó la lengua por la cabeza de mi pene.

—Pruébame —gruñí mientras tiraba de su cabello con más fuerza.

Ella obedeció mi orden, recibió mi rígido pene en su boca y comenzó a mover la cabeza hacia arriba y hacia abajo con una fuerza y fricción que casi hizo que me fallaran las piernas.

Las mujeres que estaban alrededor gemían. Los hombres gruñían de placer erótico. Pero todo en lo que podía concentrarme era en cómo se veían sus labios mientras subían y bajaban a lo largo de mi pene con el propósito de dar placer.

—Más profundo —gruñí, llevando mi miembro al fondo de su garganta—. Llévame a lo más hondo de tu garganta como la chica sucia que eres.

Como si estuviera bajo un hechizo de sumisión, la parte posterior de su garganta pareció abrirse y mi pene entró aún más. No se atragantó, pero unas lágrimas empañaron sus verdes ojos y, sin embargo, no hizo más que bajar su boca.

Estaba tan profundo, joder. Era tan apretada. No pude soportarlo más, así que se la saqué de la boca. Consideré derramar mi semen por su perfecto pecho, e incluso en su rostro para que ningún miembro de la Orden preguntara siquiera a quién pertenecía, pero quería más. Quería reclamarla por completo en todos los sentidos y en todos los sitios. Y todavía faltaba un orificio que tenía que hacer mío.

Ya no quería estar en medio del salón, así que la levanté y llevé hacia un diván que estaba cerca de la chimenea. Afortunadamente, avisté varios frascos de lubricante en una mesa cercana y cogí una en el camino.

—Voy a follarte el culo —anuncié, nuevamente sin preguntarle, sino afirmándolo.

Abilene no dijo nada, pero estuvo a punto de trastabillar cuando nos acercábamos al sofá.

Sin perder ni un minuto más, la incliné sobre el mueble, cubrí mi dedo con lubricante y lo apoyé contra el diminuto agujero que pronto sería mío. Ella jadeó cuando mi dedo penetró su entrada, pero no se movió de la posición en la que la había puesto: en el borde del sofá y con el culo al aire, a la vista de todos.

—Deberías agradecerme que esté dispuesto a estirarte un poco antes de enterrar mi pene en lo más profundo de ti.

—Dios mío —siseó mientras gemía y se tensaba.

—Relájate —le ordené mientras introducía y sacaba mi dedo, abriéndome paso por los lados con cada movimiento.

—Solo fóllame el ano ya —dijo, y su orificio se contrajo con mi dedo dentro.

Con mi mano libre, le di un fuerte azote en el culo.

—Tú no das las órdenes aquí. —Le di nalgadas una y otra vez—. Yo sí.

Enterré mi dedo un poco más profundo y con más fuerza. Me gustaba verla arquear la espalda y el sonido de sus escapando de sus labios mientras lo hacía, así que continué haciéndola mía con los dedos. Le di palmadas una y otra vez, haciendo que la piel de su culo se volviera de un color rojizo.

Necesitaba estar dentro de ella más de lo que necesitaba respirar, por lo que saqué mi dedo, lubriqué mi miembro y lo posicioné en su entrada, deteniéndome por un breve instante para decirle:

—Esto va a doler.

Agarré sus caderas, hice que mi pene atravesara su estrecha entrada y le abrí las piernas de par en par al mismo tiempo.

Sus jadeos y gemidos me dijeron que mi advertencia dio

en el clavo. Pero en lugar de intentar soltarse o gritar para que me detuviera, la diabólica mujer se echó hacia atrás para conectar conmigo, haciendo que entrara mucho más en ella. Le gustaba el dolor. Le gustaba que estuviera reclamando su ano. Podía sentirlo por la forma en que se movía contra mí.

Le di una nalgada una vez más como advertencia de que, aunque apreciaba sus movimientos, yo tenía el control. Era yo quien decidiría qué tan rápido y qué tan profundo lo haríamos.

—¡Beau! —Escuché detrás de mí.

Volví la cabeza bruscamente para ver a la señora H entrando de repente al salón.

Seguía estando enterrado hasta el fondo en el ano de Abilene, pero la señora H se acercó a nosotros sin ninguna vacilación y me susurró al oído:

—¿Cómo te atreves a azotar a una chica en su condición?

¿Azotar? ¿En su condición?

¿Señora H...?

Salí de Abilene rápidamente y me guardé el miembro en los pantalones. Estaba luchando por comprender lo que estaba sucediendo. Abilene se dio la vuelta y se sentó en el sofá, llevándose las piernas hasta el pecho para tratar de ocultar su cuerpo de la mirada de la señora H.

—¿Qué dem... qué estás haciendo aquí? —pregunté, mirando el salón para ver si alguien más se había percatado de que la directora de la Oleander estaba en el salón de baile en medio de una endemoniada orgía. Parecía que los demás estaban demasiado ocupados para notarlo. Abilene y yo fuimos los únicos bendecidos con este momento incómodo.

—¡Estás escarbando dentro de ella como si fueras un

cerdo en un lodazal! —exclamó la señora H mientras se llevaba las manos a las caderas—. No soy de las que tratan a las mujeres como si fueran de porcelana durante el embarazo, pero sí esperaba que tuvieras un poco más de cuidado. En especial porque no sabemos cómo está el bebé sin que el médico la haya revisado. No le han permitido... estas actividades.

Le eché una mirada furtiva a Abilene, cuyos ojos estaban bien abiertos, y negó con la cabeza mientras miraba a la señora H.

—¿De qué diablos estás hablando? ¿Un bebé? ¿Embarazada? —Mi voz era lo bastante baja como para que solo Abilene y tal vez la señora H pudieran oírme—. Maldición, ¿estás embarazada?

A Abilene le temblaron los labios. Sus mechones sueltos caían por su rostro, ocultándolo parcialmente, pero no por completo. Pude ver su respuesta dibujada en su cara.

—¿Estás embarazada? —Solo decir la palabra me quemó la lengua—. Lo estás.

—Intenté decírtelo. —Miró a la señora H—. Iba a contárselo hoy.

La señora H me cogió por el brazo y me susurró al oído.

—Sácala de aquí antes de que alguien se dé cuenta de este drama.

Me sonaron los oídos, bloqueando el sonido de la música clásica mezclada con ruidos de orgasmos y conquistas. Coincidía con la señora H, necesitábamos salir de aquí inmediatamente. Necesitaba aire. Necesitaba aceptar lo que estaba escuchando.

Estaba embarazada...

CAPÍTULO 11

Abilene

—¿De qué diablos hablaba? ¡No puedes estar embarazada! —me gritó Beau luego de arrastrarme hacia nuestra habitación y cerrar de un golpe la puerta detrás de nosotros.

Creo que los ancianos pudieron haber dicho algo sobre nuestra repentina desaparición, pero justo cuando nos estábamos yendo, hubo otra interrupción. Logré entrever al otro iniciado levantándose y retando a los ancianos justo cuando Beau me sacó del salón cogiéndome por el codo. Ahora que estábamos solos, miré a Beau. Mis emociones estaban descontroladas tras todo lo que había ocurrido escaleras abajo.

—Sí que puedo estar embarazada. Lo estoy. Y el bebé es tuyo. Fue en la noche en que nos acostamos hace dos meses.

Si pensé que Beau se había cabreado antes, no fue nada en comparación con la forma en que su rostro se puso de un color rojo cereza en ese momento.

Se abalanzó hacia mí. Solté un grito ahogado y traté de escapar, pero no había sitio adónde ir. Antes de que pudiera huir, ya me tenía inmovilizada contra la puerta. Me puso la mano en el cuello; no me apretó, sino que la mantuvo allí, sujetándome justo donde quería.

—Me has estado mintiendo desde el principio —dijo entre dientes con furia.

Alcancé la mano que tenía puesta en mi cuello y la aparté de mí; luego, le di un fuerte empujón en el pecho.

—No, solo quería ver qué clase de padre tendría mi hijo. Y ahora veo tu verdadera naturaleza, así que gracias.

—Para de decir eso. Si es que estás embarazada, ambos sabemos que no es mío. Nunca tengo sexo sin condón.

Alcé las cejas y él hizo un gesto impaciente con la mano.

—Aparte de aquí. Me aseguraron que tendrías un método anticonceptivo infalible mientras estuvieras en la mansión.

—Lo tengo. —Hice una mueca—. Ya estoy embarazada.

—Con el bastardo de algún otro hombre y que estás tratando de hacer pasar por mío. No soy un maldito imbécil. ¿Crees que otras zorras desesperadas no han tratado de fijarse en mí antes?

¿Zorras desesper...?

—¡Hijo de puta engreído!

Él no era el único que podía cabrearse.

—¡No sabía quién eras esa noche en el bar! Y adivina qué, señor responsabilidad, no usaste condón esa noche. Ni siquiera te molestaste en pedirme uno. Estábamos completamente borrachos y nos pusimos tan calientes que apenas entramos a mi piso antes de que me tuvieras contra una pared con tu pene dentro. ¿Lo recuerdas? Ah, no, no lo recuerdas. No hace que sea menos cierto. Especialmente porque tu dulce semillita en mi vagina resultó en un puñetero niño. Y esa no fue una noticia muy agradable cuando la descubrí seis semanas después.

Retrocedió y se cruzó de brazos. Su cara era como una escultura de hielo.

—¿Ya has terminado? —preguntó fríamente.

—¿Que si he terminado? —pregunté, enfadándome más mientras más calmado actuaba él—. No, no he terminado. Porque luego de descubrir quién eras traté de llamarte, pero adivina quién no puso en línea a una doña nadie que afirmaba haber tenido una cita contigo. De hecho, resulta que es imposible comunicarse contigo, señor intocable de mierda. Pero estaba muy segura de que mi hijo no iba a crecer como yo, y que tampoco me lo quitarían. Va a tener el apellido de su padre y la vida que merece, y yo voy a ser su madre.

El control de Beau se resquebrajó, y fue hermoso contemplarlo. Alzó el dedo y lo puso justo enfrente de mi rostro.

—Entonces supongo que será mejor que vayas al bar y acoses al gorila, al camarero o a quien sea con quien hayas follado, ya que parece que es muy fácil meterse entre tus piernas.

Lo abofeteé. Con fuerza. Y cuando tomé impulso para pegarle una segunda vez, él extendió la mano con rapidez y me detuvo el brazo cogiéndome por la muñeca.

Tiré de su mano para zafarme, pero él tenía más fuerza, y cuando no quiso soltarme, me quedé así, con el brazo en el aire e inmóvil por su férreo control.

—¡Eres el único con el que me he acostado este año, estúpido hijo de puta!

Sus ojos se abrieron de par en par al oír aquello y aflojó la mano. Eché el brazo hacia atrás y él me soltó. Me alejé de él con fuerza, pero no pude moverme ni dos pasos antes de que volviese a detenerme.

Esta vez no me agarró con tanta firmeza, y yo me aparté

de inmediato. Su expresión era de confusión y cautela. No era un rasgo normal en el rostro de Beau, que solía ser siempre seguro.

—Y si estuvieras diciendo la verdad... —dijo y dejó el resto de la oración al aire, como si ni siquiera pudiera terminar aquel pensamiento por ser tan incomprensible.

Negué con la cabeza, disgustada por sus palabras.

—Dios mío, ¿crees que soy tonta? Sé que querrás las pruebas de ADN para demostrar que el niño es tuyo. Y puedes tenerlas, puedes tener todas las que quieras. Porque sé que dirán. Joder, ¿crees que habría venido aquí para hacer todo esto si no estuviera segura de que eres el padre? —Señalé la mansión a nuestro alrededor.

Supongo que fue entonces cuando de verdad Beau lo comprendió, porque pestañeó, dio un paso atrás, y luego volvió a pestañear más.

—¿Un niño? ¿Voy a ser papá?

Se pasó la mano por el pelo. Parecía que la noticia le había sentado como si le acabara de atropellar un camión, lo cual suponía que tenía sentido.

—Sí. —Solté una risa sarcástica—. Yo tampoco estaba totalmente lista para enterarme de esto. Nunca pensé que yo...

Pero entonces me llevé las manos al abdomen. Seguía plano, pero a veces, por las noches, me tumbaba en la cama, me tocaba la panza e imaginaba al pequeño ser que estaba dentro. El latir de su corazón..., cómo se sentiría tener un bebé en brazos en menos de siete meses. Mi hijo o hija.

Todavía no podía asimilarlo.

Dios mío, iba a arruinar a este niño. Probablemente ya estaba haciendo un excelente trabajo. Miré a Beau, quien seguía pestañeando y abriendo y cerrando la boca como si fuera a decir algo, pero luego comenzaba a tener otro tic en el ojo y se quedaba en silencio. Era como ver a un robot entrar en cortocircuito. Incluso podía ver la señal en su frente que decía «¡Error! ¡Error!».

Cielos, esto sería un desastre. Ya lo era. Había arruinado todo.

Entonces sentí ese delator cosquilleo debajo de la lengua, y luego la sensación de náuseas pasó como una ola por mi estómago. Mierda.

Hui en busca del cuarto de baño, tras lo cual cerré con fuerza la puerta a mis espaldas y la aseguré. Apenas logré llegar a tiempo al inodoro antes de vaciar el escaso almuerzo que había consumido y toda el agua que había bebido para mantenerme hidratada.

Casi de inmediato hubo un golpe en la puerta.

—¡Abilene! ¡Abi! Ábreme la puerta. ¡Déjame entrar!

Me aferré al inodoro y volví a tener arcadas, tras lo cual escupí bilis. Sentía calentura y sudor por todo el rostro, y mis ojos se humedecieron cuando extendí la mano para buscar papel higiénico con el que limpiarme el rostro y la boca.

—¡Abilene! Hablo en serio, ¡abre la puerta en este instante!

Me senté en el frío suelo junto al inodoro y apoyé la espalda contra la pared. Eché la cabeza hacia atrás hasta que me quedé viendo el techo sin mirarlo de verdad.

—¡Abilene! —*Toc, toc, toc, toc.*

Me llevé las débiles manos a la frente y grité:

—¡Vete! ¡Este parásito que me has metido hace que vomite tres veces al día! ¡Puedes esperar a que llegue tu turno de mierda para usar el inodoro!

Entonces gruñí y me acaricié la panza.

—Lo siento, pequeñín. En verdad no creo que seas un parásito. Eres increíble, eso lo sé incluso ahora. Es que tu papi es un imbécil que necesita que mami le dé una paliza. Pero mami está demasiado cansada para dársela ahora mismo.

Volví a apoyar la cabeza contra la pared, pero Beau no daba tregua y seguía golpeando la puerta hasta tumbarla. Cuando amenazó con hacerlo, por fin le grité:

—¡Bien! —Y me esforcé para moverme, débil y temblorosa, por el suelo.

Cojeé y gateé por el suelo, quité el seguro de la puerta y la abrí de un golpe. Pero el movimiento fue demasiado exigente y repentino, así que un instante después me vi gateando de vuelta al inodoro, abrazando la tapa y con más arcadas. No salió casi nada, pero cada vez que vomitaba mi cuerpo sufría espasmos. Para cuando terminé de expulsar lo que ya no podía expulsar más de mi cuerpo, me quedé sudorosa y con los ojos húmedos.

Fue entonces que me percaté de que había alguien detrás de mí y que unas fuertes manos me sujetaban el cabello. Beau me acariciaba la espalda y me sostenía el pelo mientras yo...

Si antes tenía los ojos llorosos, no fue nada en comparación con las lágrimas que brotaron ante aquella acción inesperada y delicada.

Podía soportar que Beau se comportara como un imbécil de hielo. Pero esto no... esto no...

—Shhh —dijo, dándome la vuelta y atrayéndome hacia sus brazos—. Shhh.

Y entonces, mientras yacía tendida, exhausta y completamente agotada por la noche y su espectacular punto culminante, de repente sentí que flotaba.

Beau me había levantado. Me acurrucó entre sus brazos, y antes de que pudiera comprender lo que estaba sucediendo o lo divinamente que se sentía ser sujetada de esa forma tan firme, me depositó suavemente sobre la cama. Pestañeé y abrí los ojos, su rostro reflejaba dulzura y angustia. Entonces sentí sus brazos envolviendo mi cuerpo otra vez. ¿Estaba... de verdad estaba... arropándome?

Pero sí. Sí, Beau Radcliffe acababa de ser compasivo y delicado. Me había metido a la cama y arropado porque me sentía mal.

—Shhh. Necesitas descansar. Hablaremos más cuando despiertes. No tienes que preocuparte por nada más. Si este niño de verdad es mío, nunca le hará falta nada. Nunca.

Así que me quedé dormida, y sentí que sin importar todo lo que hubiera arruinado a lo largo del camino, parecía que había podido lograr al menos una cosa: mi hijo sería un Radcliffe.

CAPÍTULO 12

Beau

Caminé hasta la ventana para tratar de apartar la vista de Abilene, algo que me costaba mucho, pues cada hora en la Oleander pasaba a un ritmo dolorosamente lento. Sabía que la única forma de superar estos días era mantenerme enfocado en el desenlace. Nada de distracciones. Las mujeres arruinaban cosas en mi vida, y estaba seguro de que no le permitiría a esta mujer que estropeara la que era la prueba más importante de todas. Ese había sido el plan, al menos.

Pero sus noticias me dejaron desconcertado. No podía procesar sus palabras ni podía imaginarme el futuro. No podía planificar mi próximo paso. Era un caos total.

El objetivo de la Orden era quebrantar a la bella. No salvar a la bella, ni enamorarse de la bella, ni vivir un felices por siempre con la bella.

Pero ahora había un niño en el que pensar. Las reglas del juego habían cambiado drásticamente. No teníamos mucho tiempo en la mansión y ya estaba batallando, lo cual no era muy buena señal. Había entrado seguro de que podría soportar las mierdas de esta sociedad secreta y que no sería más que otra casilla que marcar durante el confiado avance hacia el futuro que siempre vi para mí mismo. Pero ahora, con este embarazo...

Estaba bastante seguro de que no era el primero en dejar encinta a una bella a lo largo de la existencia de la Orden, pero el cómo lo manejaría supondría la clave para complacer a los ancianos o arriesgarlo todo. No estaba seguro de lo que necesitaba hacer, ni de cómo hacerlo de una forma que se considerara «adecuada» o «correcta». Y ahora que sabía que Abilene esperaba un niño, ¿debería decir que nos retirábamos? ¿Debería informar a los ancianos que ella no estaba en condición de... tener más actividad? No... Necesitaba centrarme en completar todas y cada una de las pruebas sin importar lo que pusieran en mi camino. En nuestro camino. Siempre y cuando no dañara al bebé.

Pensar en todo eso iba a enloquecerme. Por suerte, vi una distracción a lo lejos de la ventana. Rafe caminaba con lentitud hacia el cementerio, y aunque sabía por qué lo hacía, decidí salir de nuestra habitación por un breve minuto y saludarle... o despedirle, ya que sabía que su iniciación había acabado. La señora H me había contado esta mañana que ahora solo estaríamos Abilene y yo, aunque mantuvo en secreto los detalles. Había entrado a comprobar cómo estábamos Abilene, el bebé y yo. Le dije que no estaba en la posición de discutir eso en ese momento, lo cual afortunadamente entendió y nos dejó solos con nuestro desayuno.

—Volveré enseguida —le dije a Abilene, quien miraba una vieja película en blanco y negro en una diminuta tele que logré conseguirle.

Me había dado cuenta de que no tenía más ganas que yo

de tener una conversación profunda, y también trataba de evitar el contacto visual conmigo.

Alzó la mirada, sorprendida.

—¿Adónde vas? No se nos permite salir de la habitación por nuestra cuenta.

—No —dije mientras me ponía rápidamente los zapatos —. A ti, la bella, no se te permite salir. Solo me tardaré un segundo, iré a despedir a mi colega. —La miré y vi que las noticias de que se quedaría sola la habían irritado—. No te preocupes, solo serán un par de minutos.

No esperé a que discutiera ni pidiera venir conmigo, sino que salí de la habitación rápidamente, caminé a paso rápido por el pasillo, y salí de la casa para poder alcanzar a Rafe, quien casi estaba en la cima de la colina. Mientras me acercaba al sitio en donde estaba de pie, frente a una tumba, lo escuché hablando y decidí darle el espacio para que dijera lo que había venido a decir.

—Debí haber venido más pronto —dijo Rafe frente a la lápida de Timothy—. Fue la culpa lo que me mantuvo lejos. Siempre pensé que fui yo quien te había enterrado aquí, y aunque sigo deseando haber contestado esa llamada de mierda...

Respiró hondo e hizo una pausa por varios segundos.

—Bueno, lo hice. Pasé la iniciación. Quería hacer sentir orgulloso a papá y también honrar tu nombre, lo cual espero haber hecho. ¿Puedes creerlo? Soy miembro de la Orden del Fantasma de Plata. Usaré una de esas capas y seré parte de todo lo que pasa ahí.

Rafe miró a sus pies y pateó una raíz antes de añadir:

—Sí que te extraño, hermano. De verdad. Pero también tengo algunas noticias. ¿Te acuerdas de Fallon Perry? Sí, bueno, no te lo vas a creer, pero la amo. —Se rio—. Sí, siempre me molestaste por estar coladito por ella cuando éramos niños, y tenías razón, por más que deteste admitirlo. En fin... espero tenerla en mi vida para siempre, y me da algo de consuelo saber que la conociste y que la aprobarías. Sé que la aprobarías.

Su voz cambió, y alzó la vista al cielo.

—Te extraño, joder.

—Era un buen hombre —dije mientras me acercaba a Rafe y ponía la mano en su hombro como forma de consuelo—. Siempre admiré a Tim. Estoy seguro de que estaría muy orgulloso del hombre en que te has convertido.

Rafe asintió.

—Era un buen hombre, y eso espero. En verdad espero haber honrado su recuerdo. —Luego me miró—. ¿Decidiste escapar de la guarida de víboras por un rato?

Me encogí de hombros y metí las manos en los bolsillos sin dejar de mirar la tumba de Tim.

—Esto es una locura. Es lo que te puedo contar. Nada de lo que Sully me dijo me habría preparado para esto. —Miré a Rafe y añadí—: Estoy feliz de que pudieras completar la iniciación. Felicidades. Espero poder hacer lo mismo.

Rafe se rio sin mucho humor.

—Acabas de empezar. Créeme, se pone mucho peor.

—Pero tú aprobaste, así que está bien.

—No estoy seguro de cómo lo hice. Hubo momentos en los que casi me di por vencido. Siendo honesto, le debo una gran parte de ello a Fallon. Esa chica hizo que no perdiera la cabeza.

—Tuviste mucha suerte de que tu bella hubiera sido alguien a quien conocías. Estar encerrado con una completa desconocida es extraño. Es como si la peor cita a ciegas de la historia se repitiera una y otra vez. Pienso que eso es más difícil de lo que han sido las pruebas en sí.

—¿Te llevas bien con tu bella? —preguntó él.

Rafe tenía suficientes preocupaciones, no necesitaba que descargara todas mis penas con él. Y tampoco estaba preparado para hablar sobre el embarazo con nadie. Aún no podía creerlo... Era como si estuviera conmocionado o algo así. Por ahora, el secreto de la bella y el bebé tendría que permanecer bajo llave en mi interior.

—Bueno... no tan bien como Fallon y tú, pero nos llevamos bien. Folla bien y está muy buena, así que considero que tengo suerte. Pero cuando terminen los 109 días me iré y no miraré atrás.

Quizá estaba mintiendo. Vale, estaba mintiendo, pero se sentía bien decirlo. ¿No sería increíble si fuera así de simple? ¿Si pudiera bloquear esta pesadilla de mi vida y continuar según lo planeado? Pero la realidad es que nada volvería a ser lo mismo.

Rafe se rio y me dio una palmada en el omóplato.

—Puedes decirte a ti mismo lo que quieras, pero no hay forma de que nadie pueda salir de aquí tras soportar lo que soportamos por tanto tiempo sin formar ningún tipo de conexión. Es imposible. Esa bella va a jugar con tu mente y con tu corazón. Es inútil luchar contra ello.

—Tu situación es diferente —dije—. Pero estoy feliz por ti. Esperemos que los demás pasemos las pruebas y no nos suceda lo de Sully.

—Tú puedes con esto —me animó Rafe mientras se volvía para irse del cementerio—. Necesito irme, Fallon me está esperando.

Caminé a su lado, tratando de no centrarme en la enorme mansión que tenía enfrente. Me recordaba a algo que escribiría Stephen King en alguna de sus novelas de terror. El rato de aire fresco y el descanso me hicieron sentir normal otra vez. Humano. Incluso aunque hubiera sido por un breve instante.

—¿Quieres un consejo? —preguntó Rafe mientras descendíamos la colina.

—Por supuesto. Lo que sea para ayudarme a superar esto.

—No seas un imbécil. —Me dio una palmada en la espalda de forma amable y sonrió—. Te conozco. No formas relaciones, eres reservado y puedes llegar a ser un imbécil de primera. Te lo digo con cariño, pero ser un imbécil no te va a ayudar ni a ti ni a tu bella. Así que no lo seas.

Sonreí y le di un empujón a Rafe juguetonamente.

—Comprendo. No ser un imbécil. —A medida que nos acercábamos a la mansión, le hice la pregunta que tenía en mente desde que salí de la habitación—. ¿Por qué hacemos esto? Digo, ¿por qué nos importa? ¿Por qué es tan importante la Orden?

—Es malicia heredada —dijo Rafe sin más—. Está en nuestra sangre. No hay elección.

Qué ciertas eran sus palabras. Y, aun así, la palabra herencia me hacía pensar en el niño que Abilene afirmaba era mío, el niño que crecía en su panza. Corté aquel pensamiento rápidamente.

Cuando cada uno se fue por su camino, volví a nuestra habitación. No era justo dejar a Abilene sola y encerrada mientras yo por lo menos podía ver el sol y respirar algo de aire inocuo. Al menos debería ofrecerle la misma oportunidad.

Cuando entré a la habitación, Abilene estaba caminando de un lado al otro, claramente agitada. Se dio la vuelta para mirarme, y antes de que siquiera pudiera decir una palabra, ella dijo:

—Vale, no podemos ignorar lo que es evidente. No podemos evitar el conflicto hoy.

—Estoy de acuerdo —afirmé mientras señalaba sus

zapatos—. Vayamos a dar una vuelta. Todavía no hace calor y creo que nos sentará bien.

Salimos de la Oleander en silencio, y las palabras de Rafe resonaron en mis oídos.

—Lamento haber sido un imbécil anoche. No me enorgullece mi primera reacción al enterarme de lo del bebé. Lo siento.

Ella respiró hondo mientras marchábamos por los robles que nos ofrecían sombra ocasional para mitigar la temperatura veraniega.

—Sé que fue un impacto para ti, pero también te juro que no estoy mintiendo. El niño es tuyo.

—Te creo.

Y sí era así. No sabía por qué le creía, exactamente, pero algo en mi interior me decía que esta mujer no mentía sobre el niño. Demostrar que no era mío era muy sencillo, y ella no era tonta como para engañarme y pensar que podría salirse con la suya si no fuera cierto. Pero algo dentro de mí también me decía que no me estaba contando la historia completa. Todavía ocultaba algo.

—Pero también creo que escondes algo más, y ahora es tiempo de que te sinceres conmigo.

Ella se detuvo por un instante, pero luego siguió caminando.

—No he tenido una vida sencilla —comenzó—. Para sobrevivir he hecho cosas de las que no estoy muy orgullosa. He hecho muchas estafas y engañado a mucha gente. Timaba y...

—¿Embarazarte era parte de una estafa? —interrumpí. No sería la primera persona que atrapaba a un hombre rico con un embarazo. Pensé que era una pregunta razonable. ¿Me vio como un objetivo fácil ya que me encontraba borracho en un bar y con un atuendo caro?

—No —susurró—. No planeé el embarazo. No habría tenido sexo sin protección, al igual que tú. Sé que puede ser difícil de creer...

—Te creo —volví a decir. Necesitaba que lo entendiera —. Pero ahora tenemos que hablar de lo que sucederá de ahora en adelante. Tenemos que pensar en otra vida además de las nuestras.

—Estoy al tanto. —Puso su mano sobre su estómago y, por primera vez, miré su panza y me di cuenta de que realmente había un ser vivo allí dentro. Un ser vivo que yo había ayudado a crear. Le di cabida al pensamiento, lo dejé reposar.

Y entonces la abrumadora necesidad de hacer algo, lo que fuera para tratar de «enderezar» esto, casi me quita el aliento.

—Primero necesitaremos que te vea un doctor. Haré que la señora H cuele uno a la mansión tan pronto como sea posible. Luego tenemos que conseguirte esas vitaminas especiales que sé que las embarazadas deben tomar todos los días.

Bajé la vista y volví a verle el estómago.

—Necesitamos que el bebé esté sano. Después tendremos que comprar esos libros de maternidad que nos dicen qué esperar. Ah, y pantalones de embarazada. Pediré la ropa especial que necesitarás.

Una lista de cosas por hacer empezó a dispararse en mi mente como balas de ametralladora.

—Tal vez pueda traer una instructora de yoga para embarazadas. ¿Y qué tal te parece si buscamos una experta en lactancia? Y tendremos que discutir si elegiremos una partera o un médico regular.

Abilene se rio.

—¡No tan rápido! —Dejó de caminar y se volvió para

mirarme—. Entiendo que quieres controlar la situación, pero vas muy deprisa. Necesitamos concentrarnos en el presente. Todas esas cosas que has mencionado... bueno, ¿por qué no nos centramos en las pruebas por ahora?

Tenía razón.

—Si los ancianos se enteran de que estás embarazada nos descalificarán. —Retomamos la caminata lenta—. Y quizá tendrían buena razón para hacerlo. Tal vez no sea seguro que sigas haciendo eso.

—No creo que tener orgías pueda lastimar al bebé.

—Es más que sexo y lo sabes.

—Nada de lo que hemos hecho hasta ahora ha arriesgado la vida del niño en lo más mínimo; si hubiera sido así, no lo habría hecho. Ni siquiera bebí el champán, si te acuerdas —señaló—. Además... necesitamos completar las pruebas. Lo sabes tan bien como yo.

—Es cierto —coincidí—. Necesito ocuparme de los negocios. Y más aún ahora, pues tengo una familia en la que pensar.

El sol estaba empezando a calentar el ambiente, y mi espalda, pegajosa por el sudor, me dijo que necesitábamos volver adentro, donde hacía más fresco.

—Entremos. Está empezando a hacer demasiado calor afuera.

—No soy frágil, ¿sabes? Solo estoy embarazada.

Dio media vuelta conmigo y nos dirigimos hacia la mansión.

—Lo entiendo, pero tenemos que pensar en la salud del bebé. Y tienes razón en que debemos continuar con las pruebas... por ahora. Pero te lo digo desde ya, si llego a pensar que algo te puede dañar a ti o al niño, haré que todo se detenga de inmediato.

—Lo comprendo —murmuró.

—Y sigo queriendo que tomes esas vitaminas, y sí compraré esos libros. Necesitamos pensar también en uno de esos planes para el parto. Ah, ¿y si vamos a esas clases de parto en la que nos enseñan cómo respirar y todo eso? Tenemos que planificar. —Necesitaba volver a la habitación para empezar a apuntar todo.

Abilene soltó una risa.

—Que nos falte todo menos saber cómo vamos a respirar.

CAPÍTULO 13

Abilene

Beau sabía sobre el niño. Mi gran y oscuro secreto había quedado al descubierto. Y todo estaba... bien. De cierto modo.

Debí haber sabido que no lo tomaría con calma y que empezaría a planificar todo a muerte. Había mencionado el fondo para los estudios del bebé luego de terminar el desayuno de hoy. El niño aún no había nacido, ¡y ya estaba pensando a qué universidad iría! Cielos, yo apenas podía pensar en cómo superaría la próxima semana. Pero ahí estaba Beau, listo para tomar la delantera y planificarlo todo desde el preescolar del niño hasta su pedigrí universitario, y yo... yo... estaba abrumada. Y un poco aterrada de que Beau estuviera haciendo exactamente lo que me temí que haría. Hacía un montón de planes, pero casi nunca hablaba conmigo para ver si era lo que yo quería para mi hijo.

Él era como una excavadora entrando en una tienda de cristalería, y era complicado no preocuparse de que mantener mi lugar en la vida de mi hijo fuera una pelea constante. Era el tipo de hombre que se ocupaba de las cosas y tomaba el control. Se sentía más importante que nunca ganar las pruebas y exigir mi lugar en la vida de mi propio hijo, por más ridículo que pareciese.

A pesar de que Beau siempre decía que era «nuestro» bebé y que era la educación de «nuestro» hijo, todo era mucho más incierto ahora que se lo había contado. Razón por la cual no me importó cuando una invitación para otra prueba llegó esa noche. Beau se alteró de inmediato por lo que nos podrían pedir, y más aún porque no había nada revelador dentro de caja. Estaba vacía, así que, en otras palabras, tendría que ir desnuda. Vaya sorpresa.

Pero, siendo sincera, estaba lista para demostrarle a Beau que no tenía que tratarme como si estuviera hecha de cristal. Sí, era tierno que comprobara que tuviera suficientes mantas en la noche y que estuviera tomando las vitaminas que hizo que la señora H contrabandeara para mí, y que me pusiera compresas húmedas en la cabeza cuando me sentía mal por las mañanas. De hecho, nadie se había preocupado por mí de esa forma.

Entonces me recordé a mí misma que era solo porque sabía que llevaba a su hijo. No lo hacía por mí, lo cual estaba bien. En serio. Pero todos los libros que había leído antes de venir decían que la actividad física vigorosa era totalmente segura. Cielos, las mujeres embarazadas no somos inválidas. Y eso es lo que le enseñaría a Beau hoy de primera mano.

Porque si había una cosa que los libros no me advirtieron... es que tenía unas ganas increíbles de tener sexo. A tal punto que estaba lista para asaltar a Beau en su sueño y hacerlo sin parar. ¿Pero adivina qué es lo que el señor sobreprotección de pronto odiaba hacer?

Así es, tilín, tilín, tilín. No me había tocado de forma sexy desde que descubrió que estaba embarazada. La señora

H no ayudó al llegar como lo hizo cuando él me lo estaba haciendo tan bien durante la última prueba. Tuve ganas de ahorcarla. Recibir nalgadas no iba a lastimar al bebé, ni tampoco que me follara como la bestia que me encantaba que fuera.

Y pasar de esa sensualidad animal a... la nada... Cielos, mi cuerpo lo añoraba; en especial porque mi libido estaba a toda marcha como nunca lo había estado. Esperaba que cualquiera que fuera la prueba de esta noche requiriera que me follara viva. Y varias veces. ¡Dios, por favor, si es que existes...!

Por la atormentada expresión en su rostro mientras se vestía con su rígido esmoquin y cuando me vio desvestirme, me di cuenta de que Beau no sentía la misma emoción que yo por la prueba de esta noche.

—Relájate un poco —dije, desabrochándome el sujetador y liberando mis pechos justo enfrente de él—. Todo estará bien. Bajamos, follamos y volvemos a subir. No me digas que de repente te ha dado miedo escénico.

Gratamente se encontraba distraído. Tenía la vista fija en mis senos antes de subirla a mi rostro y fruncir el ceño.

—Necesitas tomarte esto más en serio.

Reí mientras me acomodaba el cabello.

—Ah, sí que me lo tomo en serio. —Me volví hacia la puerta—. En serio necesito que me follen —musité por lo bajo.

Y entonces, en cuestión de segundos, el firme cuerpo de Beau estaba contra mi espalda y una de sus cálidas manos se encontraba sobre mi cintura. Habló en mi oído, y su aliento era cálido y daba cosquillas.

—Hablo en serio, Abilene. Ten cuidado. No contraríes a ninguno de los ancianos, solo haz lo que te pidan y no más de eso.

Movió la mano de mi cintura desnuda a mi estómago.

—Y si se vuelve demasiado, solo di tu palabra y todo se detendrá.

Me di la vuelta para mirarlo a la cara, y la chaqueta de su esmoquin estrujaba mis pechos debido a lo cerca que estábamos. Se sentía increíble, y me esforcé para mantenerme concentrada.

—Dejemos una cosa clara —dije—. No voy a renunciar. Necesito saber que estarás allí para respaldarme y no para acojonarte. Necesito saber que puedes confiar en mí y no actuar como un macho protector, pues delatarás nuestro secreto y nos descalificarán. Sin importar lo que pase, no dejes que tus pensamientos salgan de tu cabeza. Tienes que confiar en que nunca haría nada para dañar a este niño. ¿Podrás hacerlo?

Él apretó la mandíbula y parecía que quería discutir. Sabía que valoraba su control por encima de todo lo demás, así que realmente entendí lo mucho que le costó soltar a duras penas un «está bien».

Me cogió del brazo al bajar las escaleras. No creo que haya sido un acto de caballerosidad, sino más bien una necesidad de aferrarse a mí y al poco control que le quedaba antes de ser sometidos a lo que sea que los Ancianos tuvieran reservado para nosotros.

No había música resonando en las escaleras mientras bajábamos, y traté de fingir que el silencio no era de mal augurio. ¿Así que esta noche no habría atmósfera de fiesta u orgía?

Luego entramos en el salón de baile blanco, e inmediatamente sentí a Beau ponerse tenso a mi lado. Todos los ancianos estaban allí, con sus túnicas plateadas y sus ominosos bastones de madera, pero no estaban las acostumbradas mujeres desnudas dispersas sirviendo a varios miembros. No, esta noche no había más que dos pequeños puestos en el centro del salón. Una era una silla con una mesa pequeña donde parecía que un hombre estaba acomodando... ¿era eso un equipo para tatuajes?

Pero fue el otro elemento de mobiliario lo que me hizo abrir los ojos de par en par. Parecía una camilla ginecológica, excepto que estaba revestida de cuero. Pero tenía algo que definitivamente eran estribos y que parecían hechos para abrir mis piernas en un ángulo obsceno, considerando que estaba completamente desnuda. No habría ninguna parte de mí que no estuviera en exhibición. En especial cuando me percaté de que los estribos tenían correas atadas a ellos. Estaría atada a esa cosa con las piernas abiertas.

Beau dio un paso adelante, lanzándoles a todos una mirada asesina.

—Esta no es una situación de collares blancos. Ningún pene entrará en mi bella, a excepción del mío —afirmó con firmeza.

Uno de los ancianos dio un paso adelante. Palidecí un poco cuando vi que era el hombre que me había exigido toscamente que le masajeara la próstata en la última prueba, y que luego se disgustó rápidamente cuando no lo hice bien. Pero en serio, ¿quién tiene tanta experiencia metiendo los dedos en el ano de un tipo como para encontrar la próstata en el primer intento? Yo no, obviamente.

—Eres un iniciado —declaró el hombre en voz alta—. No te corresponde imponer exigencias. Pero la prueba de esta noche es la marca de la bella para demostrar que le pertenece a la Orden. También tú serás marcado de acuerdo a la tradición.

Por la forma en que el rostro de Beau de repente enrojeció tanto como una remolacha, pensé que alguno de sus vasos sanguíneos podría estar a punto de estallar. Aparentemente, no fui la única que lo vio, pues otro hombre, que era mucho más joven que el resto, dio un paso adelante. Y luego recordé que Beau me habló de él: era su amigo, Montgomery.

—Y a medida que las tradiciones continúan, también reconocemos que algunas de las costumbres antiguas deben adaptarse a sensibilidades más modernas —dijo Montgomery. Se encontró con los ojos de Beau mientras hablaba. Luego se volvió hacia el resto de los Ancianos y levantó un látigo—. Es por eso que aquellos que lo deseen, pueden disfrutar de azotar a la bella en la cara interna de sus muslos antes de la perforación.

Oh, mierda. ¿Azotes? ¿Perforación?

Si pensaba que Beau estaba tenso antes, no era nada en comparación con el bloque de hormigón en el que se había convertido tras ese dictamen. Pero no hubo mucho tiempo para pensar de más, porque luego vinieron los ancianos, cogieron a Beau y se lo llevaron a la estación de tatuajes.

Y de manera similar, otros ancianos se acercaron y me llevaron hacia la silla médica en la que estaría totalmente tendida. Beau se volvió para mirar por encima del hombro. Sus ojos se encontraron con los míos y entonces pude verlo en sus ojos: estaba a dos segundos de suspender todo; de anunciar que estaba embarazada y arruinar nuestras oportunidades. Lo fulminé con la mirada y negué con la cabeza. Podría aguantar esto. Yo aguantaría esto. Por Dios que lo haría. Pero a pesar de lo decidida y obstinada que era, no podía negar que todas mis extremidades temblaron cuando me subí al extraño mueble.

Manos extrañas estaban por todo mi cuerpo. Acariciaban mis piernas mientras alzaba cada una para acomodarlas en los estribos. Me estrujaban cuando ponían las correas de cuero en mis pantorrillas y tobillos. Apretaban mis pechos por aquí y subían los dedos por la cara interna de mis muslos por allá.

Sin embargo, cumplieron con su palabra y nadie se desabrochó el cinturón ni se acercó a mí con su miembro afuera. Dejé escapar un profundo suspiro que ni siquiera me había percatado de que estuve conteniendo. «Puedes hacer esto», me animé a mí misma. «No es gran cosa. Tú puedes». Pero entonces los bastones empezaron a chocar contra el suelo, el cual era uno de los sonidos más aterradores del mundo, pues hacía eco en todos los rincones de la enorme sala que, por lo demás, se encontraba vacía.

Me sentía como el proverbial sacrificio ritual que se les ofrecía a los dioses: extendida, con las piernas bien abiertas, atada y completamente vulnerable. Oí el zumbido de la pistola de tatuaje cuando se encendió y miré a Beau rápidamente. Habían preparado las dos estaciones, por lo que teníamos una posición estratégica para ver al otro. Me imaginé que ese probablemente era parte del propósito, que cada uno pudiera ver al otro mientras soportábamos todo lo que tenían reservado para nosotros.

Seguía mirando a Beau cuando me dieron el primer latigazo. El sonido del extremo del látigo golpeando la cara interna de mi muslo me hizo gritar, y me alejé tanto como pude mientras me ataban a la silla. Lo cual no fue mucho, pues también me ataron por el torso.

—Qué bonito, haz que esos muslos se pongan de un lindo color rosa —canturreó el primer anciano mientras movía el látigo hacia adelante y hacia atrás en forma de X en mi muslo.

Después le pasó el látigo al hombre que venía detrás de él. No me azotó tanto como masajeó mis muslos, que ahora habían adoptado un color rosa, con el látigo. Luego, antes de que me recuperara por completo de los repetidos azotes punzantes, estiró una mano para pellizcar la cara interna de mi muslo, a solo un centímetro de mi sexo.

Los dos hombres que vinieron después estaban muy concentrados con el látigo, y yo me preparé para cada golpe, sintiendo que el interior de mis muslos estaba en llamas. Me encontraba temblando por la sensación y el dolor, y cuando levanté la cabeza, con unas lágrimas que no fueron invitadas rodando por mis mejillas, vi a Beau mirándome. Lo estaban sujetando por la muñeca y el tatuador trabajaba en su piel, pero él parecía como si estuviera listo para saltar de su silla y sacarme de la mía a rastras.

Le meneé la cabeza y luego cerré los ojos, hundiéndome en el asiento de cuero y tratando de entregarme al proceso. El siguiente hombre no estaba interesado en el látigo en absoluto, sino que se limitó a acariciar con sus manos callosas mis doloridos muslos, que ahora temblaban incontrolablemente. Los separó, abriéndome aún más.

—Qué coñito tan rosado y lindo —dijo—. Fíjate en este coño tan rosadito. Así es. Ábrelo más. Más abierto. Vamos. —Tiró de mis muslos y, en efecto, pude sentir que mi sexo se abría de par en par para la vista de todos los que se encontraban presentes.

Los murmullos recorrieron la sala.

—Brian, haz que su clítoris esté lindo y gordo para la perforación —exclamó el primer anciano.

Mierda, ¿era mi clítoris lo que iban a perforar? Supongo que ahora que miraba abajo y veía mi posición se hacía evidente.

El hombre entre mis piernas, Brian, supuse, estaba más que contento de cumplir con la petición que le hicieron. No era un hombre poco atractivo, tenía quizá unos cuarenta y tantos. Un destello de emoción apareció en sus ojos mientras se chupaba el dedo y luego bajaba la mano para colocar sus dedos sobre mi sexo.

Mi cuerpo se sacudió ante el contacto y no pude evitar buscar a Beau con los ojos. La vena en su cuello se abultó cuando el otro hombre comenzó a jugar conmigo, acariciando mis pliegues y, finalmente, localizando mi clítoris. Pestañeé para contener las lágrimas de emoción cuando comenzó a rodearlo con su dedo; luego, otro hombre se acercó para tomar su lugar, y otra mano se posó en mi sexo.

Alguien me vertió lubricante y entonces hubo varias manos, varios hombres. Todos pellizcaban mi sexo, me estiraban y me acariciaban. Y maldita sea, solo era una humana. Mi cuerpo reaccionó. Estaba a flor de piel, todas mis hormonas se habían multiplicado por diez.

Mi sexo se humedeció y agrandó bajo todas sus caricias. Mi clítoris aumentó de tamaño y palpitó. De vez en cuando, un azote en la cara interna de mis muslos traía una sacudida de dolor que interrumpía la confusa mezcla de placer y sensación que hacía que todo mi cuerpo temblara. Y luego más manos volvieron a estar sobre mí; grandes manos masculinas que exploraban, pellizcaban, acariciaban; que se movían en círculos y me provocaban hasta que ya casi no podía soportarlo más.

No separé la vista de Beau. Me sentía torturada por el placer, pero también como si lo estuviera traicionando. Esto no era lo que quería para hoy. Quería su cuerpo. Quería sus manos. Y, en cambio, me estaban acariciando, provocando, frotando, y Dios mío, Dios mío...

—Córrete —exclamó Beau—. Córrete por mí, bella mía. Grita por mí mientras lo haces.

En el segundo en que me dio permiso, solté un alarido y me encorvé tanto como pude con las correas. El orgasmo que se había estado conteniendo durante los últimos veinte minutos atravesó mi cuerpo. Más manos estaban por todas partes en mi cuerpo. Cerré los ojos e imaginé que eran las manos de Beau acariciándome, tocándome en mis lugares más íntimos y provocando mi ano mientras me ordenaba con brusquedad que me corriera.

—¡Beau! —grité mientras me corría y me corría más y más. Alguien introdujo su dedo en mi ano y yo me moví sobre él, arremetiendo atrevidamente con mis caderas mientras los demás continuaban acariciando mi sexo y mi clítoris.

Y entonces soltaron a Beau, quien corrió hacia mí mientras se bajaba los pantalones. Oh, gracias a Dios, gracias a Dios. Lloré de alivio. Todos los demás hombres se apartaron, pues él no perdió ni un segundo para posicionarse entre mis piernas absurdamente abiertas, agarrar mis muslos con una implacable fuerza, y embestirme hasta el fondo.

Grité y moví las caderas para conectar con las suyas tanto como pude, pero él me inmovilizó y llevó sus manos sobre ellas. Me sujetó despiadadamente contra la mesa y me folló. Sus ojos se veían oscuros, amenazantes y llenos de una lujuria peligrosa. Pero por primera vez desde que se enteró del embarazo, gracias a todos los cielos, no estaba siendo delicado conmigo.

Llegué al clímax casi de inmediato; estaba tan excitada por el doloroso jugueteo con mi clítoris que en cuestión de segundos estuve al borde. Abracé su miembro mientras me contraía, y nos miramos a los ojos mientras él me penetraba hasta lo más profundo, gruñía, salía una última vez y volvía a entrar con tanta fuerza que la camilla entera se movió hacia atrás.

Soltó un rugido mientras se corría y yo me contraje y le

di la bienvenida a su semen en mi cuerpo, estremeciéndome con más fuerza a su alrededor.

—Y ahora la marcamos para demostrar que es de la Orden —dijo una voz detrás de Beau.

Beau apretó los dientes y, por un segundo, pensé que diría que no entre gruñidos. Pero no lo hizo. Salió de mi interior, junto a un torrente de semen que se desbordó con aquel movimiento. Yo arqueé la espalda, pues eché de menos su peso en el segundo en que se apartó.

Pero antes de que pudiera hacer o pensar en alguna otra cosa, el hombre que había tatuado a Beau dio un paso adelante. Abrí y cerré los ojos y recosté la cabeza, pues no estaba segura de poder ver esa parte. No me habían perforado nada excepto por las orejas, y eso fue cuando tenía catorce y Tina tuvo la gran idea de hacerlo con cubitos de hielo y una aguja. Había dolido a rabiar, pero lo hicimos.

Así que me preparé y volví a sorprenderme cuando unas manos me tocaron en mi lugar íntimo. Pero esta vez las manos llevaban guantes puestos y todo era más clínico. Aun así, mi clítoris estaba grande e hinchado, y cada roce era sensible y hacía que me estremeciera.

Lavó el área y, mucho antes de que estuviera lista, sentí que el dolor atravesaba mi núcleo cuando me perforó. Grité por todo lo alto. El dolor de los latigazos parecía pan comido en comparación a la perforación.

Pero entonces el hombre retrocedió y miré hacia abajo; apenas estaba recuperando el aliento, pues respiraba con mucha dificultad. Un pequeño anillo con un diamante brillante incrustado en él resplandecía en mi clítoris. Sin duda era un diamante Radcliffe.

De nuevo me había reclamado.

CAPÍTULO 14

Beau

—¿Estás segura de que estás bien? —le pregunté, cargándola en brazos mientras me apresuraba para volver a la habitación.

—Te he dicho que estoy bien. El bebé está bien.

—Eso no lo sabemos —dije. Estaba enojado conmigo mismo por haber permitido que esos hijos de puta la azotaran en los muslos y perforaran su clítoris.

¿Y qué había hecho yo? La había follado. No pude evitarlo, tenía que estar dentro de ella, tenía que hacerla mía. Pero el niño...

—Yo lo sé. —Me tranquilizó, y se aferró con más fuerza a mi cuello mientras yo giraba el pomo de la puerta para entrar a la habitación—. El bebé está perfectamente bien.

Tras depositarla en la cama, la señalé con el dedo y le ordené:

—No te muevas. Vuelvo enseguida.

Me precipité al cuarto de baño y metí un paño en agua tibia. Prácticamente corrí para volver a la cama donde, por suerte, Abilene había seguido mi consejo y estaba recostada en las almohadas. Tenía una sonrisa cálida en el rostro y negó con la cabeza cuando me vio venir.

—De verdad estoy bien.

—Abre las piernas —le ordené, insatisfecho con su respuesta. Quería asegurarme de que la piel de sus muslos no estuviera rota, que no tuviera ningún moretón y que esos impotentes de mierda no la hubieran azotado con demasiada fuerza.

Con un suspiro, me obedeció y dejó que pasara el paño por la piel roja e inflamada. Traté de no ver su clítoris adornado con joyas, y definitivamente intenté no prestar ninguna atención al hecho de que mi miembro se estaba endureciendo como una roca de nuevo. Había algo en esta mujer que me convertía en un animal con necesidades primitivas y un deseo casi feral de abandonar toda precaución y razonamiento si aquello significaba que podría enterrarme dentro de ella.

Lo cual era evidente. Su embarazo era prueba de ello.

Alguien llamó suavemente a la puerta, tras lo cual la señora H entró.

—He traído un ungüento especial para el *piercing* — dijo—. Hay que asegurarnos de que esté limpio y bien cuidado.

—Se lo quitará en el mismo minuto en que salgamos de aquí —dije, sin dejar de pasar el paño por cada centímetro de su piel lastimada.

—Eh —dijo Abilene, levantando la cabeza de la almohada y mirándome—. Puede que quiera conservarlo. Tal vez me gusta.

—Te lo vas a quitar —dije de nuevo, y lo decía en serio.

—De acuerdo, está bien —dijo la señora H mientras se acercaba a la cama. Estaba decidida a interrumpir cualquier pelea inminente—. No hace falta discutir ese asunto ahora mismo. Concentrémonos en lo que viene.

Le pasó el frasco de ungüento a Abilene.

—Póntelo dos veces al día. —Entonces me miró—. No haría ningún mal que también lo usaras con tu tatuaje por algunos días. Mantenlo húmedo para que no se formen costras.

—Por cierto, ¿de qué es tu tatuaje? —preguntó Abilene—. Nunca pude verlo.

—Dos sables cruzados —murmuré. No lo veía como algo muy importante.

Saber desde joven que era un tatuaje que tendría en algún momento le quitó algo del impacto al hecho. Sin embargo, estaba extremadamente agradecido de que los ancianos hubieran modificado la tradición de que la bella tuviera también la marca de los sables, ya que, en lugar de un tatuaje, a ellas se les solía marcar con hierro en la piel. Dudaba seriamente haber permitido que algún hombre llegara a acercarse a Abilene con un atizador caliente.

—Quiero que traigas a un doctor de inmediato —dije tras terminar por fin de limpiar los muslos de Abilene—. Quiero oír los latidos del corazón del bebé. Quiero saber que todo está bien y que el niño no corre ningún peligro.

—No es tan sencillo —dijo la señora H—. He estado en ello desde la última vez que me lo pediste. No podemos recurrir al doctor de la Oleander porque les contará a los ancianos. Bueno... no puedo usar ningún doctor dentro de un radio de casi doscientos kilómetros de Darlington porque llegará a oídos de los ancianos de alguna manera. Estoy intentando encontrar a alguien que sea ajeno a cualquiera de los miembros de la Orden, y esa no es tarea fácil.

—Involucra a Montgomery o inclusive a mi padre si hace falta. Confío en que ellos serán discretos —ofrecí.

La señora H asintió.

—Encontraré a alguien. Pero en el entretanto tendrás que estar tranquilo y creer que todo está en orden. Abilene está completamente sana, no ha manchado ni sentido dolor, y las mujeres funcionan con normalidad durante todo su embarazo sin ningún problema. No necesita que la tratemos como si estuviera hecha de vidrio.

—Estoy aquí —dijo ella, moviendo las manos para que ambos la viéramos—. Están hablando como si no estuviera aquí en esta cama, desnuda, debo añadir. ¿Podrían traerme algo de ropa, por favor?

Se movió para bajarse de la cama, pero puse la mano en su pierna rápidamente y le ofrecí una mirada de advertencia que bastó para que se detuviera y volviera a recostarse como yo lo había esperado. Me apresuré a ir a la cómoda y saqué una camiseta y unos pantalones cortos que sabía que ella usaba para ir a dormir.

—Sé que en este momento ambos tienen mucho entre manos —dijo la señora H—, y quiero que sepan que su secreto está a salvo conmigo. Pero también debo advertirles que los ancianos saben todo lo que sucede en esta mansión. La Oleander tiene ojos en las paredes.

—Tendremos cuidado —dije, y ayudé a Abilene a vestirse le gustara o no.

—No dejarán que Abilene continúe si se enteran de esto —nos recordó la señora H.

—Lo sabemos —dije.

Abilene me dio un manotazo cuando traté de ayudarla a ponerse los pantalones.

—Puedo hacerlo yo sola —soltó—. Cielos, no soy una inválida.

La señora H se rio.

—Muchacha, más te vale que te acostumbres. Conozco a

Beau, y cuando a este hombre se le mete algo en la cabeza no se rinde. Ya veo que te tiene enfocada como un blanco.

Elegí ignorar a Abilene y sus ojos en blanco, y le dije a la señora H:

—Quiero que empecemos a hablar sobre el menú. No quiero sobrepasarme, pero he estado leyendo sobre algunos alimentos que son ricos en vitaminas que necesita el bebé. Y me preocupa un poco que Abilene no tenga un peso saludable. El libro dice que una mujer debería aumentar...

—¡No vamos a hablar de mi peso! —me interrumpió Abilene.

—Estás por debajo del peso normal —dije, dándole otra mirada de advertencia—. Y tranquilízate. Estresarse no es bueno para el niño.

—Primero que nada —dijo, y respiró hondo—, mi peso está bien. Tampoco quiero engordar mientras tenga que desnudarme frente a todos durante las pruebas. Segundo, no soy yo la que debe tranquilizarse. Tienes los nervios tan de punta que estoy esperando a que lleguen hasta el techo.

En lugar de discutir con ella, desvié mi atención a la señora H.

—¿También podrías hacerme un favor? Quiero que mi casa sea segura para el bebé. Ni siquiera sé por dónde empezar o a quién llamar. ¿Hay alguna forma en que puedas ayudarme?

—¡Beau! —dijo Abilene mientras se inclinaba hacia adelante y me cogía por el antebrazo—. Comprendo que eres un planificador nato y aprecio que quieras lo mejor para este bebé, pero de verdad comienzas a espantarme.

La señora H se acercó y me dio una palmada en la espalda.

—Estoy de acuerdo con la muchacha. Necesitas relajarte. Alterarse no resultará bueno para ti, Abilene ni el niño. No te preocupes. Me encargaré del doctor y también ayudaré con la seguridad de tu casa si hace que te sientas mejor, pero en estos momentos necesitas concentrarte en terminar la iniciación. Ambos necesitan centrarse en lo que aún tienen por delante. —Entonces la señora H miró a Abilene—. ¿Necesitas algo?

Abilene negó con la cabeza.

—No, gracias. Creo que ya tengo demasiado... justo aquí —dijo, tras detenerse para fulminarme con la mirada.

Con una última risa y otra palmada en la espalda, la señora H nos dejó solos. Yo miré a Abilene a los ojos y endurecí mi expresión.

—Quiero que seas honesta conmigo. ¿De verdad crees que el bebé esté bien? No es momento de ser fuerte ni tratar de proteger mis sentimientos. Quiero la verdad.

Ella se sentó y me cogió la mano.

—Nunca dejaría que nada malo le sucediera a nuestro hijo. Debes tener fe en ello. Te prometo que todo está bien.

Satisfecho con su respuesta y encontrando consuelo en la forma tranquilizadora en la que me transmitió el mensaje de que necesitaba calmarme de una puta vez, me levanté y cogí las sábanas para arroparla.

—Ha sido una larga noche —dije—. Estoy seguro de que necesitas descansar.

—Espera. —No soltó mi mano—. ¿Podrías... estar conmigo? De verdad me gustaría... —Tragó con fuerza y miró a otro sitio, pero luego volvió a mirarme a mí—. ¿Podrías abrazarme hasta que me duerma? ¿Por favor?

No creo que hubiera podido quitarme la ropa y meterme a la cama más deprisa de lo que lo hice. Necesitaba abrazarla y estaba contento de que ella también lo quisiera. No quería presionarla tanto o tan rápido, aunque realmente no podía evitarlo. Pero necesitaba tenerla entre brazos. Y mientras la sostenía y descansaba la mano en su panza, me di cuenta de que también necesitaba abrazar al bebé. Estaba empezando a asimilarlo todo: iba a ser padre.

Abilene se recostó contra mí hasta que nos acurrucamos de la forma perfecta.

—Estaremos bien —susurró ella—. Estamos muy cerca del final. Estoy segura de que solo nos faltan un par de pruebas y todo terminará. Podremos irnos de aquí con todo lo que siempre quisimos.

Respiré hondo e inhalé la esencia floral de su pelo. Mi miembro estaba duro porque tenía mente propia, pero no tenía un deseo auténtico de hacerlo con ella. Solo quería abrazarla, cargar a mi bebé, y que fuéramos todos uno.

—¿Beau? —preguntó ella con voz somnolienta y entre bostezos.

—¿Sí? —Le di un beso en la cabeza y la apretujé contra mí. Tenía una necesidad arrolladora de protegerla, y no quería que estuviera ni un centímetro lejos de mí.

—En mi vida siempre ha habido mentiras. Quiero cambiar eso. No quiero volver a mentir, y no quiero que el niño tenga que estafar a las personas. Quiero algo diferente para él.

Volví a darle un beso en la cabeza.

—Lo sé. Y no te preocupes, te creo en lo del bebé. El niño tendrá lo mejor. Nunca lo dudes. Ya no tenemos que seguir discutiendo este tema.

—Sé que eso dices, y sé que piensas que...

—Shhh —la interrumpí—. Necesitas descansar. Los dos lo necesitamos. Creo que ya hemos hablado bastante por esta noche, así que duerme.

Ella soltó un suspiro y puso su mano sobre la mía, que descansaba sobre su estómago.

No más palabras, solo nosotros. Los tres.

CAPÍTULO 15

Abilene

Las cosas se estabilizaron un poco durante las próximas semanas. Beau trabajaba y yo leía libros y veía películas antiguas en la tele que la señora H me trajo a petición de Beau. Me encantaba el glamour del viejo Hollywood y podía pasar largas tardes viendo películas de Gene Kelly. También había visto casi todo el catálogo de Hitchcock.

—¿Qué es lo que te gusta tanto de estas películas viejas? —me preguntó Beau mientras cerraba su portátil al final de otro día interminable.

Levanté la vista hacia él. Había estado tendida de costado en el suelo, comiendo palomitas de maíz y riéndome a carcajadas por uno de los increíbles números de canto y baile de Cantando bajo la lluvia. Cogí el mando y rebobiné.

—¿Estás bromeando? Mira esto. Donald O'Connor salta a la pared mientras corre. No hay ningún efecto especial, es que es un tipo alucinante.

Adelanté la película, riendo de asombro cuando un

joven Donald O'Connor logró la asombrosa hazaña de correr a la pared y luego se dio la vuelta con la facilidad de cualquier estrella moderna del *parkour*. Sonreí dejando de mirar la pantalla y volteé hacia Beau.

—Alucinante, ¿verdad?

Había una sonrisa en su rostro, pero no estaba mirando la pantalla.

—Bastante —dijo en voz baja.

Tragué saliva y me incorporé en la alfombra de felpa.

—Entonces, esto... —Me lamí los dedos para quitarme la mantequilla salada; movimiento que no pasó desapercibido ante los ojos de Beau. Observó fijamente mis labios mientras me lamía cada dedo.

Ay, mierda, eso fue muy sensual. Saqué mi último dedo de mi boca emitiendo un sonido y sentí que mis mejillas se encendían. Luego miré a Beau de arriba abajo. Todo había cambiado completamente durante las últimas semanas. Había sido tan atento conmigo. Me imaginé que estaba enloqueciendo a la señora H con su insistencia en revisar el menú, pero ella demostró que era capaz de estar a la altura de sus exigencias. Me preparaba batidos verdes para el desayuno todas las mañanas, y la semana pasada las náuseas se habían ido calmando lentamente.

Pero las semanas antes de aquello, Beau ya no me dejaba esconderme en el baño durante las mañanas de náusea. Insistía en que dejara la puerta abierta y entraba para comprobar que estuviera bien. En las mañanas en las que me sentía muy mal, él se quedaba a mi lado mientras yo soltaba todo en el trono de porcelana. Sostenía mi cabello, me acariciaba la espalda y me ayudaba a entrar a la ducha para asearme luego de que mi estómago por fin se hubiera arreglado.

Se aseguraba de que siempre hubiera galletas saladas

junto a mi cama y de que comiera algunas antes de levantarme de la cama. Era una de las muchas cosas que había aprendido de los libros de maternidad, los cuales había leído de cabo a rabo. Estaba casi segura de que ahora era él quien estaba más preparado para este bebé que yo, lo cual era un poco desconcertante, considerando que a veces todavía me parecía algo completamente irreal. Quiero decir, no era posible que estuviera a punto de tener un bebé en seis meses. Eso era ridículo. Era una locura total.

Excepto que la señora H había logrado lo imposible, después de todo. Había encontrado una doctora para que nos visitara a escondidas. Se trataba de una antigua bella a quien la señora H creía que podíamos confiar nuestro secreto. La Orden no tenía control sobre la ex-bella porque su sueño fue estudiar en la facultad de medicina. Bueno, ahora la mujer era doctora en Atlanta, y cuando la señora H le explicó mi situación, se compadeció lo suficiente como para estar de acuerdo con verme. En especial cuando la señora H le explicó que Beau le pagaría generosamente por sus servicios.

Así que la semana pasada llegó y la señora H la llevó discretamente y a escondidas a nuestra habitación. Mi vientre aún seguía plano. El único cambio que había notado en mi cuerpo era que mis senos se estaban volviendo un poco más grandes, en particular ahora que Beau y la señora H se habían aliado para meter la mayor cantidad posible de comida por mi garganta.

No podría decir que no estaba ansiosa cuando la mujer sacó su ultrasonido portátil y lo conectó. Luego encendió su portátil, vertió un poco de gel frío sobre mi panza y comenzó a presionar su varita de ultrasonido contra mi vientre. Al principio solo hubo silencio, y nunca había sentido más terror que en aquel momento de horrible y abyecta quietud.

Pero entonces se escuchó. *Tucún, tucún, tucún, tucún...* El latido del pequeño corazón del bebé era tan acelerado y firme como una roca. Beau estaba de pie junto a la camilla en la que yo estaba tumbada, y extendió la mano para apretarme la mía. Yo apreté la suya con la misma fuerza.

Escuchar ese latido hizo que mi mundo entero cambiara. Sí, sabía que había un bebé, pero ver y escuchar la evidencia de sus latidos hacía que todo fuese diferente. Entonces, además de nuestras manos entrelazadas, levanté la vista y miré a Beau a los ojos, y fue como un golpe repentino. No solo iba a tener un bebé y ya; los dos íbamos a tener una familia.

Lo cual fue un pensamiento que me asustó tanto que traté de apartar la mano de la de Beau, pero él no me soltó, así que dejé de resistirme. No habíamos hablado sobre nuestra situación actual tras la bomba que había soltado en nuestras vidas. No habíamos discutido dónde nos dejaba aquello en términos de su importantísimo contracto. ¿Seguía viéndome solo contractualmente? ¿Había cambiado algo?

Me sentí como una tonta en aquel momento. Estaba pensando en el romance y sintiéndome insegura sobre los sentimientos que un hombre podría o podría no tener por mí cuando estaba escuchado los latidos del corazón de mi bebé por primera vez. Pero no era como si estas fueran circunstancias muy normales. ¿Cómo diablos se suponía que me debía sentir? No había ningún modelo sobre cómo hacer esto. Y afortunadamente, la doctora interrumpió mis pensamientos antes de que pudiera ahondar demasiado en ellos.

—Todo luce estupendo. Tienes unas doce o trece semanas, ¿no es así?

Asentí.

—El bebé fue concebido el viernes primero de mayo —dijo Beau—. ¿Coincide eso con lo que está viendo?

Bueno, eso fue como un chorro de agua fría sobre mis pensamientos fantasiosos y desasosegados. Estaba consultando con la doctora para ver si estaba mintiendo sobre el hecho de que fuera su padre. ¿O lo hacía por comprobar el momento del embarazo?

La doctora rio.

—Es raro que un paciente sepa los detalles exactos, pero sí, el primero de mayo... —Se detuvo y miró hacia el techo como si estuviera comprobando sus cálculos—. Eso encaja perfectamente.

Bajó la vista para mirar su reloj.

—Así que ya casi tienes doce semanas. —Prosiguió con su explicación de lo que podía esperar al entrar en el segundo trimestre.

Beau procedió a hacerle una pregunta tras otra sobre mi salud: diabetes gestacional, sus preocupaciones sobre mis náuseas continuas, si estaba consumiendo suficientes calorías todos los días... Incluso cuál era la mejor marca de vitaminas prenatales. Ella respondió pacientemente a todas sus preguntas y luego me miró.

—Bueno, ¿hay alguna otra pregunta que tengas, futura mamá?

Probablemente era una tontería preguntarle cuánto dolería dar a luz al niño, ¿verdad? Pero como si me hubiera leído la mente, respondió:

—¿Has comenzado a pensar en un plan de parto? Es un poco temprano, pero a veces planificar puede ser una forma de ayudar a aliviar los nervios previos al parto.

Pero antes de que pudiera decir una palabra, Beau intervino y dijo:

—¿Y qué hay de la actividad física? —Miró a la mujer con el ceño fruncido—. Sabe muy bien lo que sucede aquí. ¿Es seguro para mi hijo que ella continúe con las pruebas?

La mujer no nos dio una respuesta concreta, lo cual imaginé que Beau prefería. Y yo también, para ser honesta. Si bien no tenía el nivel de paranoia que Beau, aún estaba preocupada. Las pruebas de las últimas semanas habían sido todas benignas, al estilo de las orgías grupales en las que todos los ancianos podían mojar el churro con una u otra mujer bonita.

Una vez hubo más collares dentro de la caja, pero esta vez había uno negro, lo que significaba que podía quedarme al lado de Beau.

Las pruebas eran la única ocasión en la que Beau tenía sexo conmigo. El resto de tiempo era tan cuidadoso que a veces me preguntaba si aún se sentía atraído por mí, o es que me había convertido en la madre de su hijo con la que nunca tenía intimidad.

Al menos hasta una de las pruebas. ¿Tal vez fue su necesidad de participar plenamente y con entusiasmo mientras todos los demás ancianos nos observaban? No tenía ni idea, pero las cosas que le hizo a mi cuerpo cuando ambos estábamos a la vista de todos... Dios mío. Había recuperado al voraz amante que mi cuerpo ansiaba cada vez más. El tiempo entre cada prueba comenzaba a sentirse cruel.

Me sentaba todo el día en la misma habitación con Beau, y mi cuerpo se sentía en llamas con el anhelo de tocarle, de acariciarle, de montarme sobre él... Pero no. Tenía que mantener la distancia porque... bueno, porque no habíamos hablado sobre qué diablos éramos para el otro, y me daba miedo que, si se lo preguntaba, entonces volvería a traer a colación lo de ese maldito contrato, ¡y entonces tendría que estrangularle con él!

Aparentemente, Beau había terminado de interrogar a la doctora, porque por fin estaba recogiendo su equipo.

—Regresaré en tres semanas y podemos descubrir el sexo del bebé si así lo desean.

—No —dije, al mismo tiempo que Beau dijo «sí».

Nos miramos y su rostro se oscureció de inmediato.

—Abilene, sí queremos saber el sexo del bebé.

Ese tono autoritario y exigente que tenía era endemoniadamente sensual, y también absolutamente exasperante.

—¿Ah, sí? Me parece más divertido si es una sorpresa cuando dé a luz.

Él negó con la cabeza.

—Eso es absurdo. Podemos comprar ropa adecuada y decidir un nombre si sabemos el sexo del niño.

—¿En serio? —Cogí la toalla de papel que me dio la doctora y me limpié el gel que quedó en mi panza antes de sentarme—. ¿Quién dice? ¿Tú? Mira, amigo, los tiempos han cambiado desde los días de antaño cuando tus colegas fundaron este sitio. No importa si es niño o niña. No me va lo de pintar el cuarto de rosa si es niña o azul si es niño. El género es una construcción y...

—¿Entonces sugieres que le pongamos al niño Manzana? ¿O quizá Misil?

Puse los ojos en blanco.

—¿Imagino que te gusta Beau junior?

La forma en que se encogió de hombros me dijo que sí que lo había considerado.

—¡Vamos, tienes que estar tomándome el pelo! ¡No le voy a poner tu nombre a mi hijo! ¡Y eso si es niño!

Se cruzó de brazos.

—¿Por qué no? También es mi primogénito.

Lo fulminé con la mirada.

—Bueno, piensa en otras opciones de nombres, compañero, porque Beau junior está prohibido.

Con eso había comenzado lo que en mis días más generosos denominaba el «gran debate del nombre». En mis días menos bondadosos me refería a él como «cierra el pico, le vamos a poner al niño el nombre que a mí me dé la gana». Lo cual había continuado durante la última semana y media.

Le sonreí a Beau desde el suelo mientras Cantaba bajo la lluvia seguía sonando de fondo.

—¿Qué tal Gene si es niño?

—¿Como Simmons? No, gracias.

—No, como Kelly. ¿No quieres que nuestro pequeño pastelito del amor sea apuesto?

—Es un rotundo no.

Puse los ojos en blanco y levanté las manos. Beau me cogió de las manos y me impulsó, ayudándome a levantarme del suelo. Intenté (y fracasé en) ignorar la corriente de la electricidad que recorrió mi cuerpo incluso con el fugaz contacto de su piel con la mía.

¿Era una desvergonzada por encontrar excusas para tocarle? Sí. Sí que lo era. ¿Me sentía mal por eso? No. Para nada.

—Si es una niña —dijo—, ¿qué tal...?

Pero lo que iba a decir se vio interrumpido por un golpe en la puerta. Nuestras miradas se encontraron, y luego Beau caminó rápidamente hacia la puerta y la abrió.

—Se solicita su presencia para una prueba en una hora en punto —dijo la voz de la señora H desde el otro lado de la puerta. No pude verla porque el enorme cuerpo de Beau bloqueaba el paso. Cuando se volvió ella ya se había ido, pero él tenía una caja blanca entre manos.

Mi corazón comenzó a acelerarse, y no por miedo a lo que pudiera suceder durante la prueba. No, mi corazón se aceleró porque una prueba probablemente significaba que por fin podría acostarme con Beau de nuevo. Mi sexo se contrajo tan solo con la idea de tenerlo en lo más profundo de mí una vez más.

Beau se encontraba ocupado abriendo la caja. La miró con el ceño fruncido y luego me la entregó. Estaba completamente vacía. Me encogí de hombros.

—Entonces me quieren desnuda. Eso no es nada nuevo.

Beau asintió, apartó la mirada y tragó saliva.

—Sí. Estoy seguro de que estará bien.

¿También estaba pensando en la forma en que me follaría esta noche? ¿O es que estaba preocupado por el bebé? Ya que eso es todo lo que me consideraba ahora: una incubadora.

—Te dejaré ducharte primero —dijo, dándome la espalda.

Vaya hombre exasperante.

Di varios pisotones cuando pasé por su lado y abrí la ducha. Si tan solo pudiera quitarme a este hombre de una lavada como lo hacía con mi cabello...

CAPÍTULO 16

Beau

Me di cuenta de que esta noche sería terrible solo con mirar las caras de mis amigos, Montgomery y Rafe. Llevaban sus nuevas túnicas plateadas y sus ojos revelaban todo lo que necesitaba saber: Abilene y yo estábamos jodidos.

Estábamos de nuevo en el salón de baile, un cuarto que había llegado a detestar desde que era iniciado. Ay, cómo había cambiado todo desde los días en que jugaba de niño en este cuarto y no podía esperar el día en que tuviera la edad suficiente para ser miembro como mi buen padre.

Mi buen padre, que evitó el contacto visual conmigo cuando entré en el salón con una Abilene desnuda a mi lado. Había una razón por la que mi padre no era un anciano. Nunca supe cuál era ni por qué nunca intentó conseguir la posición. A mi padre no le faltaba ambición; en realidad, todo lo contrario. Entonces, debe haber habido otra razón. Tal vez lo de hoy me muestre con exactitud el porqué. Quizá eligió su camino y convertirse en anciano era un sendero demasiado oscuro de recorrer.

El salón estaba vacío hoy; libre de mujeres desnudas y hombres excitados. Lo de esta noche se centraría en Abilene y en mí solamente. Los miembros y los ancianos eran los únicos presentes... a menos que se contara al diablo.

Sin duda alguna, el diablo estaba presente. Podía sentirlo.

Había un artefacto muy grande en el centro de la sala. Era un recipiente de vidrio de casi dos metros de alto, y lo bastante ancho como para que entrara una persona. No cabía duda de que Abilene o yo seríamos esa persona. Encima de la caja de vidrio había un recipiente negro que cubría la parte superior y llegaba hasta el techo. Supuse que había algo dentro de él y que soltaría su contenido sobre quien estuviera en la caja transparente.

No tuve mucho tiempo para procesar lo que estaba a punto de ocurrir porque los ancianos comenzaron a sacudir sus bastones contra el blanco suelo de mármol. Daban un golpe tras otro, y su cadencia era el único sonido hueco y ensordecedor en la elegante sala. Los miembros nos rodeaban, y un anciano avanzó y cogió a Abilene del brazo. La condujo hasta la caja de cristal y la metió dentro, tras lo cual cerró la puerta con fuerza. El corazón casi se me paralizó al verla de pie con los brazos en sus costados, aguardando lo que ocurriría después.

Su orgullo y fuerza eran increíbles. Tenía la cabeza en alto y, si tenía miedo, no lo demostró en lo más mínimo. En todo caso, tenía una expresión en su rostro que gritaba «denme con lo mejor que tengan, hijos de puta». Desnuda o no, aquella mujer no parecía vulnerable en absoluto. Estaba preparada para la batalla, y nunca me había impresionado más con otro ser humano en mi vida que con ella. Abilene miró hacia arriba para buscar algún indicio de lo que vendría a continuación, pero ninguno de los dos tenía idea de lo que soltarían sobre ella.

Los bastones no se detuvieron y, entretanto, otros ancianos emergieron con una cuerda color plata en sus manos. Comenzaron a envolver la caja de vidrio con las cuerdas, haciendo nudos a medida que avanzaban.

Estaban encerrando a Abilene en la caja con los lazos de cuerda. Lenta y metódicamente, la caja de cristal se transformó de color plata; como una serpiente platinada que casi se traga a Abilene por completo. En el fondo, sabía que esto no iba a ser bueno. Pude ver que la única forma de sacar a Abilene de la caja era deshaciendo todo lo que los ancianos acababan de hacer. Tendría que desatar cada nudo y cada trenza de la cuerda para liberarla.

Y durante todo ese tiempo que vi con impotencia a la mujer que llevaba dentro a mi hijo desaparecer lentamente detrás de las cuerdas, quise gritar. Quería exigir que esto terminara. Estaba tan cansado, maldición. Estaba agotado por luchar contra la batalla moral que había en mi interior. Esto estaba mal. ¿Qué tipo de hombre permitía esto? ¿Qué tipo de hombre pondría en peligro a una mujer y a su bebé? ¿Para qué? ¿Por dinero? ¿Un negocio? ¿Orgullo? ¿Herencia de sangre azul mezclada con pecado? ¿Qué clase de hombre era yo?

No importaba cuántos libros de mierda sobre la maternidad leyera. Lo único que sí sabía era que era mi deber hacer todo lo que tuviera que hacer para proteger a la madre de mi hijo. Y al verla de pie en una caja de cristal, rodeada de lazos plateados, me di cuenta de que le estaba fallando poco a poco... una prueba a la vez.

—Beau Radcliffe —dijo un anciano, sacándome de mis pensamientos—. Es tu deber liberar a tu bella. Sálvala y completarás la prueba. Fallar significará que... —Su voz se fue apagando mientras los sonidos de los bastones se intensificaron.

¿Qué significaba? ¿Qué?

Había oído rumores de antiguas bellas y mujeres que habían tenido accidentes en la Oleander. Historias de tumbas anónimas en el cementerio de la colina, chicas desaparecidas por las que nadie se preocupaba, secretos que nunca se contarían. Los fantasmas de las bellas recorrían los terrenos debido a las pruebas que habían salido mal. ¿Pero eran solo rumores? ¿No eran más que historias de miedo para asustar a los niños como yo mientras crecíamos? ¿O eran verdad?

Me cago en... ¿Estaba en peligro la vida de Abilene?

Sin perder ni un segundo más, me abalancé hacia la caja de cristal y comencé a tirar de la cuerda. Rápidamente me di cuenta de que tenía que deshacer los nudos de forma inteligente. Tirar y usar la fuerza bruta solo hacía que se apretaran.

—Está bien. —Escuché desde el otro lado del cristal—. Tú puedes con esto, Beau. Mantén la calma. No dejes que esto te afecte.

Pude ver la figura de Abilene entre las cuerdas, y sabía que ella podía verme a medias, pero había demasiados nudos interponiéndose en nuestro camino.

Uno de los ancianos exclamó:

—Dejen que las riquezas de los Radcliffe lluevan sobre la bella.

La caja negra que estaba por encima se abrió y un torrente de canicas de vidrio transparentes mezcladas con diamantes comenzaron a caer sobre ella.

Y he allí la peor prueba hasta ahora.

Necesitaba sacar a mi bella de ahí o la asfixiarían los diamantes de mi familia. Las joyas Radcliffe la destruirían a menos que, de alguna forma, pudiera desatar estos lazos. Nada me detendría. Nada.

Comencé un nudo a la vez, tratando de ignorar que los diamantes cubrían a Abilene hasta los tobillos ya.

—¿Estás bien? —pregunté mientras tiraba y maniobraba la cuerda.

—Concéntrate, Beau. Estoy bien. Estoy bien.

—Hay demasiados nudos, joder. —Deshacía uno solo para toparme con otro. Y otro y otro.

—Puedes hacerlo. No te rindas con esta prueba. No dejes que ganen. No dejes que esta prueba sea la que nos haga fallar. Hagas lo que hagas, no te des por vencido. Prométemelo.

No podría prometerle eso. De ninguna forma permitiría que esto llegara demasiado lejos. Si los diamantes y las canicas se acercaban demasiado a su rostro, todo lo pactado quedaría en el aire. Pero por ahora, trabajé frenéticamente en los nudos con toda la intención de liberarla.

Sin embargo, la resplandeciente lluvia infernal caía precipitadamente y fue cubriendo su cuerpo poco a poco. Nudo tras nudo, logré progresar un poco. Ahora podía vislumbrar su rostro; podía ver sus ojos, y aunque estaba cubierta hasta la cintura, no reveló ningún miedo. Su calma me tranquilizó y me permitió seguir luchando. Mis dedos sangraban porque la piel estaba en carne viva. Mis uñas se levantaron pues me negaba a dejar que los ancianos me ganasen con su obra manual.

Cuando los diamantes y las canicas cubrieron su vientre por completo y llegaron a sus pechos, entré en pánico. Todavía quedaban demasiados nudos y la caja de cristal se estaba llenando con más rapidez de lo que podía deshacerlos. A mis pies había un depósito de restos de cuerda y, sin embargo, me sentía como si no estuviera llegando a ninguna parte.

Abilene extendió la mano y colocó la palma contra el cristal, lo cual hizo que levantara la vista de un nudo ensangrentado e hiciera contacto visual con ella.

—Lo estoy intentando, Abilene. Con todas mis ganas.

—Tú puedes. Confío en ti. Sé que puedes hacerlo.

—¿El peso es demasiado para ti? Dímelo, ¿es demasiado? ¿Puedes respirar?

Solo podía imaginar el sofoco y claustrofobia que debía sentir Abilene.

—Está bien. Estoy bien. Continúa. —Sus ojos se posaron en los nudos restantes y, por primera vez, vi un destello de miedo en sus ojos.

Ella veía lo que yo veía: la rapidez de la caja llenándose estaba superando mi velocidad al desatar los nudos. Los diamantes estaban ganando.

Tenía que haber otra manera. No podría hacer esto a tiempo. Tenía que haber otra manera.

A la mierda los ancianos. No había reglas para esta prueba, solo había un objetivo: liberar a la bella. Bueno, planeaba hacerlo.

Corrí al extremo de la sala donde había una silla, la cogí y volví corriendo hacia la caja.

—¡Cúbrete la cara! —grité y estrellé la silla contra el vidrio, esperando ver el vidrio romperse por todos lados.

Abilene se cubrió el rostro con los brazos y, cuando la silla hizo contacto con el vidrio, lo único que sucedió fue que la pata de la silla se rompió.

La caja de cristal quedó intacta.

Lo intenté de nuevo con más fuerza, bramando por la frustración. La caja de cristal se burló de mí con su resistencia reforzada. Este no era un vidrio normal, era uno irrompible. Los Ancianos se esperaron mi reacción y habían planificado en consecuencia.

Los bastones comenzaron a hacer impacto contra el suelo de nuevo, como si se estuvieran riendo de mis acciones. Las canicas de vidrio le llegaban hasta la clavícula y un terror atroz casi me derribó. Los nudos aún estaban allí, y lo único que había hecho era perder tiempo con mi acto bárbaro de pensar que podía abrirme paso por el vidrio como si fuera una excavadora.

Volví con los nudos y comencé a tirar frenéticamente de ellos. Miré a Abilene, que había echado la cabeza hacia atrás con vistas a mantener su rostro despejado el mayor tiempo posible.

—¿Puedes escalar? —le pregunté.

—No, no puedo moverme. Solo date prisa —dijo, con voz débil y entrecortada.

Miré a Montgomery y a Rafe.

—¡Ayúdenme! Sáquenla de ahí. Las reglas no dicen que no puedan ayudarme. ¡Ayúdenme, joder!

Lo que me sorprendió fue que el primero en acercarse a mí fue mi padre. Corrió hacia la caja y comenzó a ponerse manos a la obra con uno de los nudos. Montgomery y Rafe rápidamente le siguieron. Esperé a escuchar a los ancianos pedir falta o anunciar que la prueba había terminado por descalificación, pero no me importó. Quería a Abilene fuera de allí a cualquier precio.

Y mientras los diamantes rodeaban su rostro, los cuatro trabajamos frenéticamente con los nudos, y vi una luz al final del túnel. Estábamos tan cerca.

Tan cerca.

Pero en un par de minutos más, ya no podría respirar en lo más mínimo. Maldición. Maldición. La mujer que amaba estaba a punto de morir ante mis ojos. Sería una de las bellas que fueron víctimas de una prueba. No sería un rumor, ni una historia de miedo; sería una historia real, una tragedia que yo habría permitido.

Abilene caminaría por estos pasillos condenada para siempre, pues una vez que la Oleander te tenía, nunca te dejaba ir. Ella y el bebé Radcliffe aullarían en busca de libertad toda la eternidad.

—¡Sáquenla de allí! —exclamé.

—Solo un par de nudos más —dijo mi padre. Despegó la vista de su nudo para mirar a Abilene, quien respiraba lentamente mientras los diamantes caían sobre ella. Los escupió y buscó aire—. Espera un par de minutos más, linda. Te sacaremos. Te doy mi palabra.

Una de las cosas sobre mi padre es que era un hombre de palabra. Nunca rompía un contrato; nunca prometía sin cumplir. Así que, con sus palabras a Abilene, acometí el nudo final con renovada venganza. Estaba tan centrado en mi tarea que no me percaté de que una de las uñas de mi dedo índice se desprendió.

El dolor agudo me dijo una cosa: estábamos cerca. Muy cerca.

Y justo cuando volvió a respirar hondo, las canicas y los diamantes cubrieron su rostro por completo. Por favor, que aquel no sea su último aliento moribundo.

—Más rápido —grité—. ¡La cubren por completo! No puede respirar, ¡sáquenla!

Finalmente, desatamos el último nudo que quedaba. Tiré de él y abrí la caja.

Las canicas y los diamantes salieron a raudales de la caja como un maremoto de pecados. Cubrieron el suelo del salón de baile mientras yo buscaba a Abilene y la atraía hacia mí. Ella jadeó en busca de aire mientras se aferraba a mí para mantener el equilibrio.

—Está bien —la tranquilicé mientras le acariciaba la cabeza y la sostenía contra mi pecho—. Te tengo. Te tengo y nunca te dejaré ir de nuevo.

Lágrimas de alivio brotaron de mis ojos y mi corazón latía con tanta fuerza que me dolía físicamente. No me importaba lo que pensaran los demás ni cuáles serían las consecuencias para mí al pedir y recibir ayuda de los otros miembros.

—Sabía que podías hacerlo —dijo entre temblores mientras me seguía abrazando con fuerza—. Nunca dudé de ti. Sabía que no nos decepcionarías.

—Nunca más —dije mientras besaba la parte superior de su cabeza—. Nunca más temeré perderte de nuevo. Nunca.

El golpeteo de los bastones comenzó de nuevo. Sin detenerme y sin darme la vuelta ignoré el siniestro sonido.

—Beau Radcliffe —dijo un anciano detrás de mí—. Has completado la prueba y salvado a la bella. Has recurrido al poder de la hermandad de la Orden del Fantasma de Plata como se espera que haga un miembro. La velada ha terminado.

CAPÍTULO 17

Abilene

Todavía estaba temblando cuando Beau me llevó arriba. Tan pronto como cerró la puerta del cuarto detrás de nosotros me llevé las manos al estómago.

—¿Estás bien? ¿Está bien el bebé? —comenzó a bombardearme con preguntas de inmediato.

Levanté una mano.

—Estoy bien. Estoy bien. Solo... —Un escalofrío me recorrió el cuerpo—. Solo necesito un momento.

Con piernas temblorosas, me dirigí a la cama y me desplomé sobre ella. Beau se acercó inmediatamente y luego sentí sus manos en mi cuerpo, subiendo y bajando por mis brazos, mi panza, e inclusive revisando mi pulso, hasta que por fin lo aparté.

—¡He dicho que estoy bien! —grité.

—Bueno, perdóname, ¡pero acabo de ver que unas malditas canicas y diamantes casi te aplastan!

Se puso de pie y caminó de un lado a otro, pasándose las manos por el pelo. Era todo lo contrario al Beau estoico y prolijo al que estaba acostumbrada. Fue igual de extraño verlo enloquecer en el salón cuando comenzó a coger las sillas y golpear con ellas frenéticamente el vidrio para sacarme de allí. Respiré hondo.

—No me aplastaron. Fue horrible, no diré que no lo fue. No podía moverme y sentía presión por todos lados empujándome y, sí, comencé a entrar en pánico. Pero, aunque sentí que iba a morir, no creo que hubiera pasado de verdad. Fue una cosa absolutamente espantosa y torturante que hacerle a alguien. Es como ser enterrado vivo, e hicieron que observaras.

Otro escalofrío me recorrió el cuerpo y Beau dejó de caminar, volvió a mi lado y me abrazó. Esta vez no fue de forma diagnóstica; sino que me abrazó y siguió abrazándome hasta que mis temblores menguaron.

—Siento mucho no haber podido alcanzarte más rápido —susurró, y pude oír la angustia en su voz—. Debí haberlo hecho mejor. Si tan solo hubiera podido mantener la calma, o detener la prueba... Nunca debiste estar en esa situación para empezar...

Me solté de sus brazos para poder mirarlo a la cara.

—¿Cuándo vas a entenderlo? Esto no es algo que dependa de ti por completo. Estamos en esto juntos. Lo hiciste increíble, mucho mejor de lo que nadie hubiera esperado. Y me sacaste de allí. Tenía razón al confiar en que podías hacerlo.

Empezó a negar con la cabeza, pero lo cogí de la mano.

—Oye, escúchame. Vas a ser un gran padre.

Se quedó paralizado tras eso, y me percaté de que mis palabras lo impactaron profundamente, porque tragó saliva. Se quedó en silencio un momento y luego preguntó:

—¿Qué pasa si lo arruino todo? ¿Qué pasa si le arruino la vida al niño de forma irreparable?

Me reí.

—Estoy bastante segura de que todos los futuros padres tienen miedo de eso. Al menos los buenos. ¿Crees que a mí no me asusta lo mismo también? Quiero muchas cosas para este niño. —Volví a llevarme las manos al estómago y pestañeé al pensar en la pequeña criatura que crecía allí y la vida potencial que tenía por delante—. Quiero que tenga muchas de las cosas que yo no tuve —susurré.

Entonces volví a mirar a Beau.

—¿Por qué crees que cometí esta locura de venir y ubicarte de esta forma? No soy perfecta, claro, pero deseo con firmeza lo mejor para este niño.

Beau sonrió y extendió una mano. Al principio vaciló, y luego, con mucha delicadeza, acomodó un mechón de cabello detrás de mi oreja. Yo me derretí con el roce de las yemas de sus dedos en mi mejilla.

—Sí, feroz es la palabra adecuada para describirte —dijo. Dejó su mano en mi mejilla, sus ojos me penetraban—. Me gusta lo que dijiste sobre que estamos juntos en esto. Incluso en el salón, tu voz era lo único que me mantenía algo cuerdo. Eres una mujer asombrosa. ¿Y si nosotros...? —No acabó la frase, y frunció el ceño como si estuviera pensando detenidamente en algo.

Pero luego relajó los músculos, como si hubiera tomado algún tipo de decisión.

—Quizás podríamos intentarlo también en el mundo real. Haré todo lo que esté a mi alcance para darle a este bebé la mejor vida... —Dobló la mano en mi mejilla ligeramente—. Y para dártela a ti también.

Me quedé sin aliento al escuchar sus palabras.

—¿Estás...? ¿Quieres decir que...? —Pero no pude terminar mi idea. Era demasiado fantástico, demasiado bueno para ser verdad. ¿Estaba diciendo que de verdad consideraría estar conmigo?

—Nunca tuve una familia tradicional de niño —dijo.

Negué con la cabeza.

—Yo tampoco.

—Tenía tanto miedo allá abajo. No pude protegerte, y joder, cómo me mató...

—Pero me protegiste —me apresuré a decir—. Me salvaste. Y estamos tan cerca del final. Ahora solo falta un mes más. Menos de un mes.

Y ahora estaba diciendo que después de ese mes, que nosotros podríamos... que realmente podríamos intentarlo... Respiré hondo, incapaz de permitirme creerlo por completo.

Beau se acercó más a mí, de modo que nuestros muslos se rozaban, pero lo quería más cerca todavía. Cuando me cogió la mano entrelacé de inmediato nuestros dedos. La energía que pasaba entre nosotros era eléctrica, y me sentí febril.

—Podría ser nuestra oportunidad de tenerlo todo —dijo—. De tener la familia que ninguno de los dos tuvo. Podríamos lograrlo juntos.

—Quiero eso —susurré inclinándome hacia él, intoxicada por su cercanía.

Y se encontró conmigo; cielos, sí que lo hizo. Sus labios chocaron contra los míos y luego me llevó a su regazo. Yo aún estaba desnuda, y él aún estaba vestido, pero los hilos de su esmoquin eran tan tersos y suaves que la sensación de mi sexo desnudo contra su entrepierna era celestial. El *piercing* en mi clítoris había sanado y la más mínima fricción me hacía sentir cosquilleos. En especial cuando sentí el bulto de su miembro alzándose desde debajo de la prenda de vestir.

Mi sexo se contrajo al sentirlo y le rodeé el cuello con los brazos.

No habíamos tenido sexo en casi una semana desde la última prueba y mi sexo sollozaba de necesidad por sentirlo. Estaba segura de que ya le había dejado una mancha de humedad en los pantalones.

—Te necesito dentro de mí —le susurré al oído—. Por favor, Beau. Después de lo de hoy necesito la conexión.

Gruñó y nos dio la vuelta para que mi espalda estuviese contra la cama. Un segundo después ya se había quitado los pantalones y la ropa interior, y se posicionó sobre mí. Abrí las piernas para recibirlo en mi interior, y entonces entró.

Se hundió dentro de mí de una sola estocada; no fue suave, y eso me encantó. Amaba que no me trataba como a una muñeca de porcelana. Me agarró la cadera y yo envolví las piernas alrededor de las suyas, moviéndome hacia arriba cuando me penetraba y conectando con él de forma que nuestros cuerpos chocaban con un sonido erótico.

Me masajeó la cadera con los dedos. Gemí y volví a conectar con él en su siguiente embestida.

—Más —le rogué—. Necesito sentirte en todas partes.

—Maldición, mujer —gruñó él.

Y luego salió de mi interior para tocar mi cuerpo de la forma que más me encantaba. Me dio la vuelta y exigió:

—Ponte a gatas.

Me puse en posición y luego él estaba detrás de mí, enterrándose gloriosamente en mi interior una vez más. Sacudí el culo, me aferré a las sábanas y el colchón y me impulsé contra él tan fuerte como pude. Luego llevé una mano hacia atrás y separé mis nalgas lo más que pude, lo cual provocó un «joder» grave y silencioso de su parte que me hizo contraerme a su alrededor en la siguiente embestida.

Me moví de nuevo y él consiguió lo que estaba pidiendo

sin palabras. Me dio una nalgada, con lo cual otro glorioso sonido resonó en la habitación.

—Otra vez —rogué, y así hizo. Una y otra vez me dio nalgadas mientras me follaba por detrás.

Su pene encontró ese sitio perfecto en mi interior con cada embestida, y yo me moví contra él mientras los temblores que más me gustaban comenzaban: aquellos que nos libraban de la tensión, de la noche de hoy, y de todo lo que no fuéramos Beau y yo.

Pero justo cuando comencé a correrme, él volvió a salir de mí, dejándome quejumbrosa por mi clímax no alcanzado. Me dio la vuelta de nuevo para que estuviera de espaldas y luego se posicionó entre mis piernas. Me penetró y comenzó a follarme nuevo; bajó su pecho hasta el mío y me miró fijamente con sus ojos intensos y penetrantes.

Me quedé sin aliento y el orgasmo se reanudó justo donde se había quedado. Extendí la mano y agarré su rostro, lo besé y me corrí con tanta fuerza, que sentí como si me hubiera salido de mi cuerpo. Pero no; nunca me había sentido tan conectada con mi cuerpo; cada terminación nerviosa se encendió y me sentí muy conectada con Beau dentro de mí, con los labios de Beau, los ojos de Beau, el alma de Beau.

Y cuando sentí su cálido torrente esparciéndose en lo más profundo de mí, sentí una contracción más antes de estallar como una ráfaga de luz mucho más brillante. Al mismo tiempo me sentí aterrada, porque, luego de sentir esto, ¿cómo podría algo o alguien compararse o estar a la misma altura? Y también me asustaba que Beau se marchara y volviera indiferente en el momento en que saliera de mi interior, como la última vez que conectamos de una forma tan profunda.

Pero no lo hizo. En cambio, me atrajo hacia él con

fuerza, haciendo que mi pequeña figura quedara abrazada a su gran cuerpo, y nos dormimos mientras su brazo me rodeaba con un gesto protector.

Nunca me había sentido más segura ni con más deseos de que la noche nunca terminara.

CAPÍTULO 18

Beau

Trabajar desde una habitación se estaba volviendo casi imposible. Había hecho todo lo posible por responder todos los mensajes y coger tantas llamadas como pudiera, pero una de mis fortalezas en los negocios era la forma en que trataba con la gente. Podía leer a las personas como si fueran un libro abierto, y tenía una expresión que les decía que no se metieran conmigo.

Era mucho más difícil negociar o disciplinar a distancia, e inculcarle el temor de Dios a alguien solo con palabras resultaba complicado. Necesitaba estar presente, necesitaba recuperar mi vida y también sentir cierto grado de control en este nuevo caos en el que vivía. Habían pasado dos semanas desde la prueba de la caja de vidrio, y no había tenido más comunicación de parte de los ancianos. Una parte de mí se sentía agradecida de que no hubiera habido más pruebas, pero otra parte sentía cada vez más ansiedad a medida que pasaban los días. ¿Por qué no habíamos tenido noticias suyas? ¿Se habían enterado de lo del bebé?

¿Estaban planeando echarnos a la calle como iniciados falli-
dos? ¿O era que simplemente estaban ocupados? Sabía que
tanto Walker como Emmett empezarían sus Iniciaciones
pronto, y tal vez el asunto era tan simple como que la Orden
estaba ocupada con su preparación para los otros iniciados.

Cerré el portátil y, sintiendo que había trabajado suficiente por hoy, centré mi atención en Abilene, quien estaba
en el suelo haciendo sentadillas.

—¿Qué diablos haces? —pregunté entretenido y ligeramente preocupado de que flexionar su estómago repetidas
veces no fuera bueno para el bebé.

—Me estoy poniendo rellenita —respondió sin aliento.

Me levanté de la silla, me agaché, la cogí por el brazo e
hice que se incorporara.

—Has perdido la cabeza. No estás para nada «rellenita».
—Besé la punta de su nariz para tratar de disimular mi
sonrisa.

Ella se levantó la camiseta y se pellizcó la panza.

—Se está empezando a notar. Los ancianos lo descu-
brirán pronto a menos que haga algo.

Tras mirar su panza, que apenas se veía ligeramente
redondeada, como mucho, dije:

—Si se dan cuenta es porque tú y yo hemos aumentado
de peso. Podemos culpar a la buena comida y a la falta de
actividad. —Me di una palmada en la panza para mayor
énfasis—. Ambos podemos vernos «rellenitos».

Ella puso los ojos en blanco y volvió al suelo para continuar con su ejercicio.

—Estás muy lejos de ser rellenito, señor abdominales.

Cogiéndola por el brazo de nuevo, le advertí:

—No me hagas mostrarte lo que les hago a las niñas
obstinadas que no me escuchan.

Ella sonrió y se relamió los labios.

—¿Ah, sí?

Mi pene se levantó con todos los pensamientos sucios que recorrieron mi mente.

—En serio. No me hagas castigarte.

Ella se apoyó en sus codos y alzó la vista para mirarme.

—Tal vez no pueda evitarlo. Tal vez soy una chica traviesa.

Sus provocaciones eran endemoniadamente sensuales. Esta vez mi pene no solo se despertó, sino que se endureció hasta su punto máximo.

Me arrodillé, me así de su cuerpo y la puse boca abajo. Sin vacilar, tiré bruscamente de sus pantalones cortos y bragas de algodón hasta dejárselos por las rodillas hasta dejar al descubierto su firme culo. Me moví con tanta rapidez y sin ningún esfuerzo que Abilene ni siquiera tuvo tiempo para protestar en lo más mínimo. No fue hasta que le di una nalgada que soltó su primer chillido.

—No digas que no te lo advertí —le dije mientras empezaba a acribillar su culo con una palmada tras otra. La sujeté y enganché sus piernas con el peso de mi cuerpo.

Estaba indefensa ante mi perversidad.

—Voy a darte azotes en cada centímetro de tu culo hasta que grites mi nombre, y solo entonces voy a detenerme para poder reclamarlo.

Su grito ahogado fue todo lo que necesité para saber que no iba a oponerse a mi plan.

Mi siguiente azote fue más fuerte que el anterior, y entonces Abilene se sacudió y gritó «¡Dios mío!». Cuando me levanté y la solté, ella se sentó de inmediato y se sujetó el vientre con los ojos bien abiertos. Mi corazón dio un vuelco y comencé a entrar en pánico.

—¿Es el bebé? ¿He lastimado al bebé? —No pensé que estuviera siendo muy tosco con ella, pero evidentemente era el imbécil que pensaba que podía ser perverso con una mujer embarazada—. ¿Necesitas ir al hospital?

Sabía que la señora H llegaría pronto con la doctora para hacerle un examen y un ultrasonido, pero quizá necesitábamos actuar rápido. Abilene negó con la cabeza frenéticamente, sin dejar de soltarse el vientre.

—No, no. El bebé. —Me miró con lágrimas en los ojos y una sonrisa reflejada en su rostro—. ¡Sentí patear al bebé!

—¿Se ha movido? —Puse la mano sobre su vientre con la esperanza de poder sentirlo también, pero no sentí más que su mano cuando la posó sobre la mía.

Ambos nos sentamos en silencio esperando que el niño se moviera de nuevo.

—Tu hijo es cabezota como tú —dijo ella, con la sonrisa más amplia que le había visto hasta los momentos—. Además, creo que es muy pronto para que puedas sentirlo desde el exterior.

—Si el niño es cabezota, lo ha sacado más bien de ti.

Alguien llamó a la puerta, y seguidamente la señora H asomó la cabeza a la habitación.

—¿Están listos para ver a la doctora?

Asentí.

—Entre.

Nos dimos cuenta de que Abilene seguía con los pantalones abajo, así que ambos luchamos por subírselos antes de que la doctora entrara. Luego, la ayudé a levantarse del suelo y la cogí de la mano para llevarla a la cama. La señora H y la doctora entraron a la habitación arrastrando el ultrasonido detrás de ellas.

—¿Cómo se siente hoy la mamá? —preguntó la doctora.

—Sintió patear al bebé —respondí en su lugar—. ¿Es normal en esta etapa del embarazo?

La doctora me dedicó una pequeña sonrisa y luego volvió a mirar a Abilene.

—Es normal, y aún más si estás en sintonía con tu bebé.

La mirada que me dieron las tres mujeres en la habitación me dijo que necesitaba dejar de intentar tomar las riendas y relajarme. No era ciego ni tampoco era tonto; sabía que podía llegar a ser un cabrón despótico, pero no podía evitarlo. Aunque sí me puse a su lado y la cogí de la mano mientras la doctora hacía su examen. Trataría de portarme bien y quedarme en silencio. O lo intentaría...

—Todo se ve muy bien y el niño parece estar perfectamente sano. —Movió la vara del ultrasonido sobre el vientre de Abilene y preguntó—: ¿Quieren saber el sexo?

—Sí —respondí de inmediato.

Abilene alzó la vista y luego miró a la doctora.

—¿Puede verlo? —Tras lo cual la doctora asintió. Abilene entonces me miró—. ¿De verdad quieres saber?

En aquel preciso momento no quería nada más que saber.

—Sí. Pero esta elección no es solo mía, sino de los dos.

Abilene me apretó la mano y le asintió a la doctora.

—Queremos saberlo.

—Felicidades, mamá y papá. Van a tener un niño.

Un niño. Un niño Radcliffe.

—Ay, Dios mío —murmuró Abilene, y me estrujó la mano con más fuerza.

Un hijo. Iba a tener un hijo y una familia.

Una avalancha de emociones y pensamientos oprimieron mi corazón como una abrazadera. Mi vida estaba a punto de cambiar, y todo lo que había planeado y lo que esperaba se había alterado. Asimilé la realidad: no pasaría más festividades solo, ni tampoco más noches de Navidad solo con mi padre.

Quería más para mi hijo. Quería un árbol de Navidad que pudiésemos decorar juntos. Nunca había tenido un árbol que fuese mío, ni alguno que pudiese decorar con ornamentos que guardaran recuerdos especiales o que yo hubiera hecho en la escuela. No horneaba galletitas para Santa ni le escribía una carta con todos los presentes que esperaba recibir. No. Solo me daban un sobre con dinero cada año, y en este mismo momento me juré a mí mismo que mi hijo nunca recibiría un regalo así de mi parte. Nunca. Recibiría una bicicleta, una carreta, y un columpio que yo mismo fabricaría.

Y no estaríamos solo mi hijo y yo bebiendo borbón junto a la chimenea. Estaríamos los tres juntos. También veía a Abilene en mi futuro. Sabía que sería una buena madre; ese espíritu de lucha que tenía le haría bien a mi hijo. Crecería con dos padres poderosos que lo criarían para que fuera un luchador y una buena persona. Sí, mi hijo sería una buena persona que tomaría en consideración los sentimientos de los demás antes que los suyos. Sacaría lo mejor de mí y lo mejor de Abilene.

—Tendremos un niño —me dijo Abilene, sacándome de mis pensamientos—. ¿Es lo que esperabas?

—No tenía ninguna preferencia... o por lo menos creo que no. —Pero ahora que sabía el sexo del bebé...— Sí, estoy muy feliz de que tengamos un niño.

Pestañeé para apartar las lágrimas de mis ojos y me incliné para besar su cabeza.

—Todo se ve excelente. No creo que necesiten verme de nuevo hasta que termine la iniciación —dijo la doctora, que comenzaba a guardar sus cosas—. La señora H tiene mi información de contacto si quieren comunicarse conmigo luego, pero cuando salgan de aquí querrán buscar un doctor que esté más cerca y pensar en un plan de parto. —Me sonrió a mí y luego a Abilene—. Felicidades.

—No parece real —dijo Abilene mientras se sentaba y limpiaba el vientre.

—Ay, es real —dijo la señora H con una risa gozosa—. Un Beau Radcliffe en miniatura... Que el señor nos ayude.

Se dio la vuelta sin dejar de reír y salió de la habitación.

—Un Radcliffe —repetí—. Jamás pensé que perpetuaría el apellido de la familia.

Bajé la vista para mirar a Abilene, cuyas lágrimas caían en cascada por su rostro. Sequé una con mi pulgar y luego sujeté su barbilla para que me mirase a los ojos.

—Siempre estaré aquí para ti y para nuestro hijo. Siempre, te doy mi palabra. Y, en mi mundo, nuestra palabra lo es todo. —Tragué para sobrellevar las emociones que casi me ahogaban—. Este niño y tú serán todo para mí.

CAPÍTULO 19

Abilene

Iba a tener un bebé. Un pequeño niño.

Iba a tener al niño de Beau.

Los días eran largos e interminables... y aun así una parte de mí no quería que acabasen. En especial con el largo período sin pruebas, pues solo estábamos Beau y yo aislados del mundo. Sí, trabajaba, pero no desde el amanecer hasta el anochecer como solía hacerlo antes. Tomaba varios descansos para desayunar, almorzar y cenar, y hablábamos, nos contábamos historias y nos hacíamos reír. Tenía un gran sentido del humor debajo de esa actitud seca y rígida. Me contaba historias incesantes sobre las cosas que hacía con sus amigos cuando eran niños y cuando estudiaban de adolescentes en el instituto Darlington. Era un mundo que no podía imaginarme, con la excepción de que sí podía hacerlo, ya que me lo imaginaba muy vívidamente por medio de sus ojos y palabras mientras me lo compartía.

Yo me mantenía en silencio sobre mi pasado. Aún no

sabía cómo contarle quién era cuando no me sentía muy orgullosa de todo lo que había hecho. Mi antigua carrera de estafar hombres se sentía muy reciente todavía. Mi justificación de que los únicos tipos a los que timaba eran imbéciles sonaba poco convincente en estos momentos.

Esa ya no era la persona que quería ser; no era el tipo de madre que quería para mi hijo. Quería ganarme la vida honradamente, incluso si trataba de entender que mis opciones habían sido limitadas durante el tiempo en el que Tina me había acogido bajo sus manipuladoras alas. Sin embargo, el futuro sería diferente y eso es todo lo que me interesaba. Por lo menos era lo que me decía a mí misma cuando las viejas ansiedades regresaban.

Todo parecía demasiado bueno para ser cierto. ¿Cómo podía confiar en esto? ¿Cómo podía confiar verdaderamente en Beau? Había dicho que quería estar allí para mí, no solo para el bebé, sino para mí también. Había dicho que quería un futuro conmigo cuando nos fuéramos de la Oleander... pero nunca mencionó nada específico. Resultaba fácil preguntarse si solo eran palabras que dijo en el calor de la pasión. Cuando las cosas se pusieran difíciles... ¿se marcharía? ¿Me dejaría atrás como lo había hecho cada persona antes de él?

Cuando me rodeaba con sus brazos por las noches, por lo general luego de otro episodio exhaustivo de hacer el amor, se hacía fácil creer en sus palabras y sus promesas. Era sencillo creer que un final feliz podía ser posible. Hasta para una chica como yo, que había sido desechada como basura durante toda su vida. Pero entonces venía la mañana, y la cama a mi lado amanecía fría y vacía. Beau siempre despertaba antes que yo y se quedaba en su escritorio respondiendo correos electrónicos hasta el desayuno.

Me dije a mí misma que era absurdo. Estaba actuando

en exceso desesperada y hormonal. Me negaba a ser una pesada y rogarle que volviera a la cama conmigo. No iba a ser ese tipo de mujer. No lo haría pagar por los pecados que otros habían cometido contra mí en el pasado. Y, aun así, las heridas que hace mucho creí cicatrizadas se sentían frescas de nuevo y como si a menudo les echasen sal encima, hasta el punto de hacerme sentir como un desastre neurótico. Probablemente eran las endemoniadas hormonas del embarazo, pero era como estar en una montaña rusa de emociones de mierda, ¡y no lo apreciaba para nada!

Quería ser entretenida, despreocupada y atractiva, no una catástrofe hinchada que lloraba de vez en cuando. Todo lo que había querido, pero que nunca soñé con conseguir de verdad, estaba al alcance de mi mano, y me aterraba arruinarlo de alguna forma sin siquiera pretenderlo. Pero entonces teníamos a Beau. Con un roce podía lograr anclarme a tierra o hacerme reír, y entonces volvía al presente, lejos de mi estúpido cerebro que reproducía sin fin cada escenario terrible, para poder, por un momento o una hora, sentirme en paz.

Estábamos terminando de comer uno de aquellos almuerzos lujosos mientras Beau me miraba con ojos severos hasta que me terminara toda mi ensalada Cobb. Vegetales de hojas verdes, brócoli y huevos eran una parte importante del plan «dieta de embarazo» que la señora H y él habían tramado. Yo lo acepté, siempre y cuando pudiera untarle cantidades generosas de aderezo de mayonesa y beicon. Era delicioso. Beau estaba intentando persuadirme de que comiera más arándanos —que tenían muchos antioxidantes— cuando la señora H entró con una caja blanca.

—Estará bien —dije mientras extendía la mano al otro lado de la mesa y cogía la suya—. Considéralo una oportunidad de darme nalgadas en público.

La señora H, que dijo nada, se limitó a dejar la caja sobre la mesa, se dio la vuelta y se marchó. Beau frunció el ceño.

—¿Fue de mal agüero? No dijo ni una palabra.

Yo negué con la cabeza y susurré.

—Shhh. Ella siempre está consciente de que puede haber otros oídos escuchándonos.

Él asintió, acercó la caja y levantó la tapa. Volvió a fruncir el ceño y ahora lucía verdaderamente preocupado.

—¿Qué es? —le pregunté.

Sacó una túnica larga, sedosa y de color rojo. Estiré la mano y toqué la tela tersa y aterciopelada.

—Es sensual.

La túnica incluso tenía una pequeña caperuza.

—¿Tal vez tienen un fetiche con Caperucita Roja? —sugerí.

Beau asintió, pero no se vio muy convencido. Cogió su vaso de limonada y la bebió a tragos como si de borbón se tratara antes de decir que necesitaba volver al trabajo y que deberíamos regresar a la habitación.

Estuvo de los nervios por el resto del día. Miré más películas para pasar el tiempo y traté de distraerme. Beau estaba actuando sobreprotector como siempre; yo prefería considerar el hecho de que en verdad me hubieran dado ropa esta vez como una buena señal. A pesar de que, luego de bañarme, prepararme para la noche, desnudarme y ponerme la túnica, se sintiera como si no usara nada de todos modos. La tela caía por mi espalda como una cascada de seda, pero la parte delantera de la túnica... bueno, eso era harina de otro costal. La seda no hacía nada para esconder mis pezones endurecidos; en cambio, los acentuaba hasta un nivel casi pornográfico. Si de verdad tenían un fetiche con Caperucita Roja habían dado en el clavo.

Beau siguió callado y taciturno mientras se vestía. Yo le

estrujé la mano mientras nos alistábamos para bajar las escaleras.

—Eh, nosotros podemos con esto. No hay nada que temer. Yo te cubriré las espaldas y tú me cubrirás las mías, ¿sí?

Él suspiró audiblemente antes de asentir con firmeza. Alzó nuestras manos entrelazadas y besó la parte posterior de la mía.

—Sí. Siempre.

Y entonces bajamos las escaleras.

Me esperaba una orgía. Claro, algunos infelices tratarían de meterme mano, pero sabía que Beau sería protector como de costumbre y me mantendría a salvo. Sin embargo, cuando entramos al salón de baile blanco, me di cuenta de que no tendríamos esa suerte.

Tragué en seco cuando vi un tanque de agua enorme y transparente con un taburete puesto encima de forma precaria.

Había visto algo parecido en una feria. Era un tanque para sumergir a la gente.

A diferencia del que vi en la feria, no había ninguna diana a la que apuntar la bola para hacer que la persona sentada en el taburete cayera al agua. Sabía, sin necesidad de que los ancianos dijeran una sola palabra, que quien estaría sentada en ese endemoniado taburete sería yo.

La ceñida túnica de seda roja ahora cobraba más sentido. Estaba segura de que luciría fabulosamente sensual con ella cuando estuviera empapada, pues estaría adherida a mi cuerpo como si de una segunda piel se tratara. Bien podría estar desnuda. No había duda de que era algo con los que estos cabrones se excitarían.

Beau tensó la mano que estaba en mi brazo a medida que entraba conmigo al salón. Yo me aparté de él y me enderecé. Puede que esta fuese una noche incómoda, pero no había ninguna cubierta sobre el tanque, y como máximo debía tener un poco menos de un metro de profundidad. No me ahogaría, solo me sentiría como una rata temblorosa y sofocada.

Antes de que tuviera tiempo para considerar lo que nos depararía la noche, los malditos bastones empezaron a ser sacudidos contra el piso, creando un ritmo sonoro mientras un anciano daba un paso adelante y me apartaba de Beau. Me cogió por el antebrazo y tiró de mí hacia adelante sin mucha delicadeza. A mis espaldas pude sentir la ira desbordante de Beau debido a la brusquedad del anciano, por lo cual le miré por encima del hombro y entrecerré los ojos.

No habíamos hablado sobre esto específicamente, pero más le vale que recordara todo lo que le había dicho sobre confiar en lo que yo sabía que podía o no podía soportar. Él apretó los dientes y la mandíbula, pero se quedó inmóvil. Buen chico.

—Sube a la silla del juicio —exigió el anciano que me arrastró cuando llegamos al tanque de agua.

Por alguna razón, no creía que decir «eh, paso» saliera muy bien. No, tenía que ser una mujercita obediente y aceptar voluntariamente cualquier castigo o «juicio» que sus perturbadas mentes hubieran decidido que me merecía, así que me aferré a los escalones de la escalera de mano que estaba a un lado del tanque y comencé a subir. Fue incómodo cuando llegué a los más alto y me aferré y sujeté al ancho dorso del taburete para poder sentarme en él, pero lo logré.

Apenas acababa de sentarme cuando uno de los ancianos con su resplandeciente túnica plateada dio un paso adelante y gritó:

—¡Confiesa, ramera!

Me quedé boquiabierta, no pude evitarlo. Pero entonces los otros ancianos y miembros del salón se unieron a su llamado e hicieron sonar sus bastones mientras coreaban «confiesa, confiesa, confiesa, confiesa». Miré a Beau rápidamente, pero luego aparté la vista. Mierda. ¿Sabían lo del bebé? Ay, demonios.

No quería incriminar a Beau así que traté de no mirarle, pero incluso en el fugaz segundo en el que hicimos contacto visual, pude ver que también estaba completamente aterrado.

El primer anciano alzó una mano y el cántico menguó. Me miró con expresión fría.

—¿Confesarás?

Negué con la cabeza lentamente.

—No comprendo. ¿Qué quieren que...?

Pero no pude terminar mi oración. El anciano asintió con la cabeza muy levemente hacia una persona que estaba detrás de mí, y lo siguiente que supe es que la plataforma sobre la que estaba sentada se fue hacia abajo.

—¡Esperen! —chillé, pero evidentemente era demasiado tarde.

Mi grito se vio interrumpido cuando entré a las frías aguas. Dios mío, estaba fría. ¡Muy fría, muy fría!

Me apresuré a sentir el fondo con los pies y luego me levanté, jadeando y escupiendo agua. Como me lo había esperado, la túnica escarlata se aferró a mi cuerpo. Me crucé de hombros, tiritando. Al diablo con los ancianos. Si me iban a hacer pasar por esto no se merecían ver un espectáculo erótico adicional a lo demás.

—Vuelve a tu asiento —exigió el anciano, poco conmovido por mi estado tembloroso y empapado. Bueno, tal vez le excitaba. Nunca se sabía con estos cabrones.

Apreté los dientes, subí por la escalera secundaria que

estaba dentro del tanque y realicé una vez más la minúscula hazaña gimnástica para volver al taburete. El frío aire del salón climatizado hizo que se me pusiera la piel de gallina en los brazos y por todo mi cuerpo. Intenté no darles la satisfacción de que me vieran estremecerme, pero no pude evitar el cruzarme de brazos. Sabía que era una postura defensiva, pero no sabía qué ser humano no estaría a la defensiva con una sala llena de hombres hostiles fulminándole con la mirada y gritándole que «confesara», lo que sea que eso signifique.

—Confesa cuál fue el instituto al que asististe, Abilene West. Confiesa el nombre de tu profesor favorito del instituto.

Mierda. ¿Entonces no se trataba del bebé?

Beau dio un paso adelante.

—No veo qué tiene que ver esto con...

—¡Confiesa! —exclamó el examinador, y de nuevo, todos en la sala reanudaron el coro de «confiesa, confiesa, confiesa».

Abrí la boca.

—No recuerdo el instituto. ¿Quién recuerda su...?

Me precipité al agua y esta me golpeó de lleno en el rostro. Nadé hasta la superficie escupiendo y haciendo aspavientos. ¡Hijos de puta!

—¿Por qué la vacilación, señorita West? —preguntó el examinador—. Son preguntas simples.

—¡Quizá podría responder si dejaran de tirarme al agua helada cada tres segundos y si pudiera tener un momento de mierda para pensar! —gruñí.

Se hizo el silencio en el salón, y supe que había ido demasiado lejos. Demonios. En este sitio se valoraba a las delicadas rosas sureñas, rosas marchitas sin ninguna espina.

—Vuelve a tu silla —espetó el anciano.

Los pómulos del anciano se volvieron de un color rojizo. No lo estaba poniendo muy feliz, pero por lo menos aquello significaba que no se excitaba con la situación. Yo escupí más agua con la que me había atragantado en su dirección, y entonces volví a subir la escalera.

Aquello continuó por diez minutos más. El anciano me preguntaba detalles sobre la vida de Abilene que solo ella sabría y luego se sentía insatisfecho con mis respuestas vagas y dignas de una adivina. Después de preguntarme dónde vivía Abilene ahora, respondí:

—Bueno, es obvio que ahora mismo vivo aquí, en la mansión Oleander. Luego buscaré otro sitio. Me pareció tonto seguir pagando el alquiler del piso ya que tendría todos los gastos pagos mientras estuviese aquí.

Bien. Preciso, bien cuidado y no delataba nada. Tal parecía que los ancianos también pensaron lo mismo, porque entonces...

AL AGUA.

Salí a la superficie escupiendo agua.

—¿Qué quieren de mí? —grité de frustración, olvidando mi promesa de guardar la calma por el bien de Beau. Había intentado no verlo a los ojos, pero, en aquel momento, me di por vencida y miré hacia donde estaba. Lucía torturado y completamente angustiado por lo que me estaba sucediendo, pero ambos sabíamos que no podía hacer nada. Además, le había pedido que no interviniera, y por primera vez estaba respetándolo, sin importar cuánto quisiera hacerlo.

Pero si existió un momento dulce entre nosotros, se esfumó en cuestión de segundos cuando los atronadores bastones comenzaron con su ritmo una vez más. Subí empapada por esas estúpidas escaleras una vez más, sintiendo que mi cuerpo pesaba tres veces más de lo normal. ¿Por cuánto tiempo seguirían haciendo esto? Considerando que no eran ellos quienes caían al agua fría... probablemente por un buen rato.

Así que me sentí sorprendida y aliviada de una manera extraña cuando fueron al grano y me preguntaron «¿Dónde está la verdadera Abilene West?» tan pronto como volví a sentarme en el taburete. A pesar de que sabía que eso quería decir que me habían descubierto, que había perdido todo, y que muchas de las cosas por las que había luchado podrían esfumarse por completo.

No esperaron que respondiera. Tan pronto como la pregunta salió de la boca del anciano, volvieron a tirarme al agua. Cuando caí, me di cuenta de que este no era un interrogatorio real. Era una macabra clase de castigo. Había herido su orgullo al escabullirme con tanta facilidad en su mundo; en su juego retorcido en el que se creían dueños de las reglas y del control. Y querían castigarme por romper esas reglas arbitrarias.

Por fin logré recobrar el equilibrio, tras lo cual me puse en pie. Me eché el pelo de atrás hacia adelante y me puse derecha; no sentía vergüenza por la túnica escarlata que no hacía nada para ocultar mi desnudez.

Miré a aquel anciano acusador a los ojos mientras le respondí:

—No tengo idea de dónde está Abilene West. Mi nombre es Consuela Borden, y me llevé la invitación de Abilene como si fuera mía.

Por el rabillo del ojo vi a Beau retroceder varios pasos, y fue en ese instante que me di cuenta de que lo había perdido todo. Había estado así de cerca de todo lo que siempre quise, y fui lo bastante tonta para pensar, inclusive, que podría tenerlo. Pero la vida estaba haciendo lo que siempre hacía: arrebatarme todo lo bueno en el último momento. Nada cambiaba nunca para las chicas como yo. Mi propia madre no me había querido lo suficiente como para quedarse conmigo, entonces, ¿por qué pensé que alguien más lucharía por mí?

Subí la escalera para salir del tanque, pasé una pierna mojada por el otro lado, y luego la otra, y salté la distancia que faltaba para alcanzar el piso de madera del salón. Aterricé con un ruido sordo, pero aparentemente el anciano ya no tenía más interés en mí. Se había vuelto hacia toda la multitud.

—¡La ramera ha confesado! Iniciado, ¿estabas al tanto de la farsa de esta mujerzuela? —El anciano miró a Beau penetrantemente.

Beau se limitó a negar con la cabeza, estupefacto.

—No sabía que no era Abilene —dijo.

No me miró, lo cual dolió como una quemadura.

—Entonces te confinaremos al vestíbulo mientras decidimos tu destino —declaró el anciano con teatralidad.

CAPÍTULO 20

Beau

Un golpe al estómago me hubiera dado el mismo efecto. Respiré con dificultad y me volví para mirarla a la cara.

—¿Qué diablos está pasando? —Mi voz resonó en las paredes del vestíbulo.

—Iba a decírtelo —dijo Abilene... Consuela... o cualquiera que fuese su maldito nombre.

Estaba calada hasta los huesos y temblaba. Una parte de mí quería darle mi chaqueta, y otra parte quería verla sufrir.

—¿Cuándo? —le pregunté—. ¿Cuándo dieras a luz a mi hijo? —Miré su panza—. ¿Siquiera es hijo mío? ¿Es esa otra de tus mentiras?

—No preguntes eso —espetó—. ¡Todo lo que te he dicho es la verdad! Es la verdad.

—¡Todo menos tu nombre, joder! —Me aparté de ella porque sentía que me sofocaba con su mera presencia—. ¿Quién diablos eres?

—¿Quieres una respuesta simple? Soy una estafadora —dijo en voz baja—. O por lo menos solía serlo. Y eso te lo dije. No te oculté nada; estafaba para sobrevivir, buscaba un objetivo tras otro. Esa era mi vida, era todo lo que conocía. Y cuando vi la oportunidad de venir a la Oleander, me aproveché de ella.

Avanzó un poco hacia mí y se cruzó de brazos para tratar de ocultar su desnudez debajo de la túnica transparente.

—Cuando me enteré de que estaba embarazada de tu bebé, y cuando me contaste sobre tu iniciación, bueno, vi una oportunidad.

—¿Una oportunidad para estafarme?

—No te estafé —se apresuró a decir—. Quiero decir que sí, te mentí sobre mi nombre, pero eso es todo. Conseguí la invitación de una bella que no la quería y tuve que hacerme pasar por ella para que me diesen una oportunidad, pero no te estafé. A ti no.

Solté un bufido.

—Eso es lo que parece en estos momentos.

—Y lo entiendo. Créeme, no es así como quería que te enteraras. Pensé que podría mantener el secreto hasta que hubiéramos salido de aquí por lo menos.

—Quiero la verdad. —Me volví para mirarla a la cara—. ¿Ese niño es mío?

Ella asintió mientras dijo:

—Te juro que lo es. Nunca mentiría al respecto. Nunca le mentiría a mi hijo sobre quién es su padre, y sé en mi interior que tú me crees.

—Quiero creerte. Siempre lo he hecho. Pero también creí que eras Abilene West, así que queda claro que no soy tan bueno juzgando a las personas como creí. Fui un blanco fácil, ¿verdad?

—Nunca fuiste mi blanco. Cuando nos encontramos en el bar no sabía quién eras, ni tampoco planeé tener sexo contigo. El sexo nunca ha sido parte de mis estafas, nunca llegué hasta ese punto. Tú y yo no fuimos más que dos personas que tuvieron química intensa, demasiadas bebidas, y... —Respiró hondo, tras lo cual añadió—: La Orden era mi blanco, no tú.

—¿Por qué? —le pregunté—. ¿Por qué hiciste todo esto? ¿Por qué quisiste hacer las pruebas? Ya estabas embarazada de mí. Ibas a recibir dinero de todas formas. Entonces, ¿por qué?

—Porque necesitaba hacer lo que fuese mejor para el bebé. No podía cuidar a un niño con el tipo de vida que tenía. Quería el dinero para poder criar a mi hijo con todo lo que yo no tuve, pero también...

—¿Creíste que sería un padre ausente? —la interrumpí—. ¿Creíste que no apoyaría económicamente al bebé?

Ella inhaló y dijo con calma:

—No iba a estar bajo tu merced. Sabía que eras un hombre poderoso y eso me asustó. El dinero compra decisiones a tu favor, y a una parte de mí le preocupaba que te llevaras al bebé. No, no me mires así. Pudiste haberme crucificado ante el tribunal, y yo no hubiera dejado que te llevaras a mi hijo.

Caminó de un lado a otro.

—Además, no solo quería el dinero; quería que mi hijo tuviera un apellido. Me negaba a que mi niño fuera un bastardo. Y, cuando descubrí quién eras, quise el apellido Radcliffe para mi bebé más de lo que nunca he querido nada en mi vida. Quería mi propio dinero, pero también quería que mi hijo perteneciera a alguien. Así que sí, venir y ser una bella me daría dinero, lo cual era extraordinario. —Me miró, implorándome con los ojos—. Pero quería más. Quería que el bebé te tuviera a ti de verdad, y no el pago de un padre ausente.

—Nunca lo sería.

El mismísimo pensamiento me parecía insultante.

—¿Cómo se suponía que iba a saberlo? —me preguntó, levantando las manos—. En verdad no sabía nada sobre ti. Todo lo que sabía es que debía intentarlo. Tenía que luchar para ser una bella. Esto podría cambiar mi vida, y así fue. Cuando te enteraste de que estaba embarazada quisiste al bebé. Quisiste una familia. Incluso me quisiste a mí.

—Sí, pero todo estaba basado en una mentira. ¿Por qué no me lo dijiste?

—Lo intenté —dijo—. Lo intenté un par de veces. Quería contártelo, pero al mismo tiempo estabas empezando a abrirte conmigo, y pude verte por quién eres en verdad. Quería verte a ti; el tú verdadero. Tenía miedo de que, si admitía mi historia completa, te cerraras conmigo. No quería perderme la oportunidad de verte sin tus defensas. Tenía tanto miedo de perder todo lo que me estabas dando. Nos ofreciste al bebé y a mí un futuro, lo cual es todo lo que siempre quise. Me diste esperanzas, y me aterró que todo desapareciera con mi confesión. —Miró hacia abajo y luego volvió a verme a los ojos—. Me estaba enamorando de ti. Tenía miedo. Temía perderlo todo.

—¿Y cómo puedo creerte ahora? —pregunté, entrecerrando los ojos e intentando imaginármela como Consuela en lugar de Abilene—. ¿Cómo saber que no me estás engañando de nuevo?

—No se puede —admitió—. Y entiendo si nunca confías en mí otra vez. Pero te amo, Beau. Amo a este niño. Y amo lo que los tres podríamos tener. La única mentira que te dije fue mi nombre, todo lo demás era yo.

Amor.

¿La amaba? Sí, claro que sí. Me había enamorado de Abilene y el niño, y...

Abilene, Consuela, Abilene... Mi mente daba vueltas y

tenía el corazón en un puño. No sabía qué pensar ni qué decir. Esta situación era una mierda.

Miré la puerta que conducía al salón.

—¿Sabes que pudiste haber arruinado esto para los dos? Tu mentira no solo te pudo haber costado tu pago, sino el negocio de mi familia también. Pudiste haber acabado con la herencia Radcliffe que afirmas que tanto querías para el bebé.

Bajó la cabeza, avergonzada.

—Lo sé. Esperaba que no lo descubrieran.

—Los ancianos se enteran de todo. Son de los hombres más poderosos del mundo. Escogiste el blanco equivocado.

—No tengo más excusas, además de que hice lo que sentí que tenía que hacer.

—Casi habíamos terminado. Era la hora final, y ahora todo puede haberse arruinado.

Ella asintió y se acercó un poco más a mí. Titiritaba, y sin importar lo enfadado que estuviese, no podía quedarme allí de pie y dejar que se congelara. Extendí la mano, le quité la empapada túnica roja y luego me quité la chaqueta.

—Ten esto —dije mientras cubría su cuerpo con mi ropa seca.

—Lo siento —dijo, y hubo algo en la manera que lo dijo que me hizo creerle—. Si pudiera arreglarlo, lo haría. —Puso una mano en su vientre y añadió—: Todo lo que hago es por este niño. Por nuestro niño.

—¿Y qué hacemos ahora? ¿Cuál es el siguiente paso? —le pregunté.

—Nada de esto cambia el hecho de que tenemos un bebé en camino.

La puerta que llevaba al salón de baile se abrió y Montgomery salió al vestíbulo. No podía leer su rostro, pero mi instinto me dijo que no traía buenas noticias.

—¿Cuán malo es? —le pregunté.

—Malo —contestó Montgomery—. Rafe y yo tratamos de luchar por ustedes, pero somos miembros nuevos y nuestra opinión no tiene mucho peso.

—Entonces, ¿estamos acabados? —le pregunté.

—Están listos para verlos —dijo Montgomery—. Es todo lo que puedo decirles.

CAPÍTULO 21

Consuela

Me aferré a la chaqueta de Beau como si me anclara a la seguridad, a él, y a todo lo que había sucedido antes de esta miserable noche. Per, cuando entramos al salón lleno de ancianos con expresiones serias, supe que ninguna chaqueta podría protegerme de su ira o juicio.

—Los ancianos han llegado a una conclusión en el caso del iniciado y la bella ramera —declaró el anciano que había presidido mi «confesionario».

Dio un paso adelante y golpeó su bastón contra el piso. Sentí que Beau se puso rígido y no me pasó desapercibida la forma en que contuvo la respiración, se tensó y esperó la decisión. Yo cerré los ojos con fuerza, incapaz de mirar. Dios mío, nunca consideré que mi engaño pudiera costarle su herencia. Nunca podría perdonarme si lo perdía todo debido a mí. No hice más que precipitarme. Había entrado en pánico por el embarazo, me aterré de que el niño creciera como yo lo hice, sintiéndose indeseado y aborrecido, desechado por uno de sus padres..., y me decidí a hacer todo lo que pudiera para controlar una situación incontrolable...

—La ramera debe ser expulsada con las manos vacías. Su engaño y perfidia no tendrá ninguna recompensa por parte de esta sociedad sagrada y honrada.

Por toda la sala, los bastones chocaron contra el suelo en solidaridad con el juicio.

Y allí estaba el fracaso oficial de todo lo que había esperado. Abrí los ojos, pero no los despegué del suelo. Beau se puso aún más rígido.

Los ruidos de los bastones por fin menguaron, y la voz del anciano resonó nuevamente.

—Además, declaramos que la iniciación está concluida y que el iniciado no ha cometido falta alguna. Creemos que ningún hijo de la Orden sería cómplice de semejante fraude, y que, en efecto, Beau no lo sabía. Por lo tanto, Beau Radcliffe, has completado las pruebas de iniciación. Te damos la bienvenida a la hermandad de la Orden del Fantasma de Plata. Ven adelante para recibir tu manto.

Me di la vuelta y salí del salón de inmediato. El estruendo de los bastones resonó a mis espaldas. Eso era todo, oficialmente me iba a largar de este lugar. ¿Era una ramera? Podían irse todos al infierno. Corrí escaleras arriba, pero entonces me di cuenta de que no tenía «cosas» que recoger. Me puse ropa más decente, la que había traído en una pequeña bolsa cuando llegué. Todo lo demás me lo habían dado ellos. No había nada más que empacar o llevarme.

Volví a bajar las escaleras para ir a la cocina, donde me encontré con la señora Hawthorne.

—Necesito mi móvil —le dije—. Dámelo.

Ella frunció el ceño.

—No puedes irte sin más. Necesitas hablar con Beau y arreglar las cosas.

Solté un bufido.

—Yo me largo. Tuvo una oportunidad de defenderme y no lo hizo. —Supe que era irracional tan pronto como esas palabras salieron mis labios. Beau tenía todo su futuro en juego dentro de ese salón, y era yo quien lo había puesto en esa situación. Aun así, esto era demasiado.

Y en el vestíbulo no me había dicho que me quería luego de que yo hubiera abierto mi bocota y le hubiese confesado mis sentimientos como la más grande de las...

—¡Solo dame mi móvil! ¡Necesito marcharme de aquí!

Me picaba la nariz y eso significaba que estaba a segundos de soltar lágrimas. La señora Hawthorne frunció el ceño con desaprobación, pero entró a la alacena y salió con mi móvil. Cielos, ¿estuvo escondido allí todo este tiempo?

—De verdad deberías esperar a hablar con... —empezó.

Se lo quité de las manos y corrí hacia la salida literal que sabía que estaba en el pequeño pasillo de la parte trasera de la cocina.

Tan pronto como me encontré con el cálido y húmedo aire del verano de Georgia, sentí que podía respirar. Con la excepción de que empecé a sollozar apenas respiré hondo. Eché a correr. Necesitaba alejarme de la Oleander. Necesitaba poner la mayor distancia posible entre aquella maldita pesadilla y yo.

Sin embargo, cuando pensé en eso, supe que era mentira. En realidad, estaba huyendo de los maravillosos recuerdos con Beau, de todas las noches en las que me había abrazado, en las que me había rodeado con su brazo, en las que había rozado mi vientre con la mano. De la forma en que me había susurrado al oído y bromeado sobre el nombre que le pondríamos a nuestro hijo. Huía de la manera en que me acariciaba, y esas caricias se hacían más y más intensas hasta que terminábamos haciendo el amor furiosamente en medio de la noche. Huía de la seguridad que sentía en sus brazos, una seguridad mayor de la que había sentido en algún punto de mi vida.

Pero entonces vi su rostro en mi mente. Me había mirado como si ni siquiera me conociese y había preguntado si el niño era suyo siquiera. ¿Cómo podía preguntarme algo así luego de todo lo que habíamos pasado? ¡No era más que un estúpido nombre! Le había contado más de mi pasado de lo que nunca compartí con nadie. Me había compartido a mí misma, mi cuerpo, mis pensamientos más profundos, mis sueños y esperanzas, y...

Corrí con más fuerza, como si el poner más distancia entre la Oleander y yo, entre él y yo, lograse que doliera menos. Dios, había sido muy estúpida. ¿Por qué estaba pensando en él? Él no me quería. Por supuesto que no. Ya había pasado por esto antes, cuando de niña encontré el cuerpo frío e inerte de mi madre. Quise despertarla, pero, claro está, nunca lo haría. Me había dejado atrás porque no valía la pena quedarse por mí.

Igual que Tina, quien me abandonó cuando vio algo mejor.

—Solo somos tú y yo, bebé —jadeé entre sollozos e hipo.

Por fin había dejado de correr y me agaché, tomando bocanadas de aire a un lado del sendero. Los robles que se cernían sobre mí se balanceaban y bordeaban ambos lados del camino. La brisa silbaba entre las hojas, susurrando y haciendo que los rayos del sol danzaran a mi alrededor como burla ante mi dolor.

Me sequé los ojos con el antebrazo. Cielos, estaba siendo

ridícula. Me había recompuesto antes tras pérdidas devastadoras y esta vez volvería a hacerlo. Saqué mi móvil y lo encendí, aunque, por supuesto, la batería se había agotado luego de tres meses, así que ni siquiera podía pedir un Uber. Vaya suerte de mierda.

—¿Qué diablos crees que haces afuera?

Me di la vuelta, sorprendida al oír la voz de Beau, y entonces lo vi corriendo por el sendero que estaba a mi lado. Me quedé boquiabierta, tras lo cual moví un brazo.

—Me marcho. ¿Qué crees que hago?

Él me miró perplejo.

—¿Qué coño, Abi...? O cualquiera que sea tu nombre.

Le dediqué una mirada asesina. El enojo era más manejable que el dolor en este momento.

—Consuela.

—Vale. Consuela, ¿qué crees que haces aquí afuera con este calor? No es seguro para el niño.

Ah, por supuesto.

—Estaré bien, gracias. Me he estado cuidando a mí misma por un tiempo bastante largo antes de que tú aparecieras.

—Antes no llevabas dentro a mi hijo.

Me volví y lo apunté con un dedo.

—No te atrevas a comportarte como un imbécil controlador solo porque me has dado un niño. Te enviaré un mensaje con la dirección a la que puedes entregar la manutención. —Entonces me di la vuelta y empecé a marchar con enfado por la calzada para alejarme de él.

Para sorpresa de absolutamente nadie, él me siguió.

—¿Qué diablos dices, Ab... Consuela?

—Es Connie. Me dicen Connie, ¿vale? Es algo que sabrías si recordaras algo de la noche en la que nos conocimos.

—Cielos, ¿podrías detener los pies y dejarme hablar?

Solté un bufido encolerizado y me detuve, dándome la vuelta y cruzándome de brazos.

—Bien. Habla.

—Dios mío, mujer. Eres tan cabezota.

Alcé una ceja como diciendo «sí, ¿y?».

—Y te amo, joder.

Sacudí la cabeza mientras sentía que me quedaba congelada.

—Deja de hacer eso.

Él se quedó estupefacto.

—¿El qué?

—Para de decir cosas que no crees en serio.

Su rostro se enterneció y dio un paso adelante.

—Pero sí lo digo en serio. Voy a darle a ese bebé el apellido Radcliffe, pero eso no es todo lo que quiero. También me gustaría dártelo a ti.

Volví a negar con la cabeza, y otra lágrima se escapó de mis ojos para bajar por mi rostro. Él se acercó más.

—¿No es lo que quieres? ¿No hablabas en serio cuando me dijiste que me amabas?

—Claro que sí —espeté.

Él sonrió y quise arrancarle la sonrisa del rostro y abalanzarme sobre él simultáneamente. Qué hombre tan endemoniadamente exasperante.

—Podemos ser la familia que ninguno de los dos tuvo —dijo él—. Yo heredaré la compañía de mi padre, y es por eso que tuve que quedarme, aceptar el manto y pasar por todo eso. No podía poner en peligro el futuro y la estabilidad que necesitaré para ti y para nuestro hijo. Era más importante que nunca. Pero me destrozó ver que te fueras de ese salón y no poder seguirte.

No pude contenerme más; lo rodeé con los brazos, y él soltó un suspiro de alivio.

—Por fin.

Me amaba. Me quería. No había ninguna Orden que lo obligara a aceptar mi derecho sobre este niño, ni había dinero que me diera el mismo poder que él. Me estaba escogiendo libremente. Estaba eligiendo tener una vida conmigo y ser el padre de nuestro hijo. Estaba escogiendo ser un buen hombre, porque eso era él.

Enterré la cara en su cuello y me aferré a él.

—Te amo tanto —dije.

—Qué bien —dijo, y se apartó de mí—, porque quiero dártelo todo. Empezando con esto.

Fruncí el ceño, confundida, pero entonces sacó algo de su bolsillo. Algo con diamantes y gemas que brillaban bajo el estival sol de Georgia.

Era un collar con un enorme pendiente.

Me quedé sin aliento. No pude evitarlo.

—Puede que la Orden no te haya dado todo el dinero que querías, pero serás una Radcliffe algún día y, como tal, te quiero dar una muestra de todo lo que será tuyo.

Me quedé paralizada cuando me levantó el pelo y cerró el broche del pesado collar alrededor de mi cuello.

—Beau, ¿qué haces? —susurré, y alcé los dedos para tocar el collar, pero me detuve en el último momento. No pude imaginarme dejar siquiera una marca de mis dedos en la exquisita prenda.

—Reclamarte, evidentemente. —Me sonrió con perversidad y dio un paso atrás. El pendiente del collar se sentía pesado—. Y también te doy tu merecida recompensa por haber aprobado las pruebas con mucho éxito. Ese pendiente vale un millón de dólares, así que ahora puedes sentir que por lo menos estás en más igualdad de condiciones en cuanto a nuestro hijo. Sé que eso era importante para ti, y quiero que lo tengas.

Me abalancé hacia él y lo besé con intensidad mientras el sol nos iluminaba entre los robles bamboleantes. Beau me estaba abrazando con fuerza, me quería, y nuestro bebé se encontraba entre nosotros, creciendo en mi vientre.

Era una vida de sueños cumplida.

EPÍLOGO

Me senté con mi madre esperando la boda que había hecho enloquecer el calendario social de toda Darlington. Montgomery Kingston se casaba. Era el primero de los jóvenes solteros más deseados del condado con los que casarse, y todas las personas que eran algo estaban aquí.

—¿Puedes creer ese escándalo? —Mi madre se inclinó y me susurró al oído—: ¿Sabes que es una de las bellas de esa tonta sociedad secreta que tienen?

Asentí y puse los ojos en blanco.

—Me lo has dicho unas quince veces nada más —repliqué entre susurros.

—Bueno, solo míralos. Les sucedió a todos. Seis de los solteros más apetecibles del condado, y cuatro están con gentuza de la peor parte del pueblo gracias a ese caos. Así no se hacían las cosas en mis tiempos. Perdían el tiempo con las prostitutas, pero luego se casaban con mujeres respetables.

—Dios mío, mamá. —La fulminé con la mirada, pero ella hizo lo mismo conmigo.

—No uses el nombre de Dios en vano. Te crie para que fueras una dama.

Traté de no burlarme al oír aquello. Una dama. ¿Estábamos en el año 1800? Pero era cierto, mi madre había hecho todo lo posible por criar a una belleza sureña. Cielos, incluso había asistido a bailes. El mismísimo novio, Montgomery Kingston, había sido mi compañero de baile.

Mi madre, naturalmente, había murmurado con admiración que éramos perfectos para el otro y había maquinado que nos casaríamos algún día. Yo tenía catorce y Montgomery quince; él estaba aburrido como una ostra y apenas me miró, lo cual era comprensible, pero, aun así, me lio la cabeza que mi madre hablase sin cesar de mis «perspectivas de matrimonio» como si estuviera dentro de una novela de Jane Austen.

Crecí con los muchachos en el instituto Darlington y de vez en cuando salía con alguno que otro, pero me habían criado para ser una dama tan decorosa que siempre que querían liarse conmigo debajo de las gradas ponía reparos y decía que no me era posible. No me sorprendía que normalmente rompieran conmigo tras un par de meses. Porque una de las cosas sobre la correcta femineidad es que significaba que no sabía cómo hablarles a los muchachos. Estaba consciente de que las personas creían que yo era una esnob estirada. Al menos esa era la reputación que me había ganado en el instituto Darlington. La verdad era que solo era tímida.

Pero si ser de una de las familias más antiguas y respetadas de Darlington, además de ser tímida, se interpretaba inevitablemente como signo de esnobismo, perfecto. Con el tiempo incluso me decanté por ello; implicaba que no tenía que intentar tener conversaciones incómodas. Podía ser distante y tímida, y la gente me dejaba hacerlo sin preguntar. ¿Qué importaba si a mis espaldas me llamaban zorra pretenciosa?

Finalmente dejé de intentar las complicadas relaciones con los hombres en mi entorno, lo cual me acarreó el título de «la princesa de hielo». Aparentemente, pensaba que era demasiado buena para los muchachos de Darlington. Eso o estaba saliendo con hombres universitarios en secreto. Los rumores abundaban, tal como solía pasar con los rumores.

¿Cuál era la verdad? Pues que el matrimonio de mis padres se estaba derrumbando. El dinero familiar ya no existía. Todo lo que nos quedaba era nuestro apellido, al que mamá se aferraba como si de la mismísima vida se tratara. Seguía desfilando por el pueblo con ropa de diseñador que pasó de moda hacía una década mientras nuestras facturas se acumulaban.

Luego del instituto no hubo dinero para que fuera a la universidad; o, por lo menos, no al tipo de universidades que mi madre quería para su hija. Pero tampoco podía aplicar a ninguna beca, pues aquello la habría mortificado en igual medida. Las apariencias eran todo para esa mujer.

Cuando papá enfermó, acabé quedándome en casa luego de las clases para ayudar a cuidarlo, de todas formas. Y los años pasaron. Mamá seguía presidiendo como la reina de Darlington porque era todo lo que le quedaba, y protegía el secreto de nuestra quiebra con la ferocidad de un dragón que cuidaba de un tesoro. La idea de que alguien supiera que estaba en circunstancias deterioradas era su peor miedo. Así que henos aquí, emperifolladas, en segunda fila con lo mejor de lo mejor en Darlington y asistiendo a la boda del año.

Mamá repentinamente estiró la mano y cogió la mía.

—Tienes que hacerlo, yo puedo conseguirte una invitación. Es la única forma.

Fruncí el ceño y traté de zafarme de sus manos que parecían garras.

—¿De qué hablas? —siseé por lo bajo.

Sin embargo, hundió las uñas en mi muñeca. No había forma de soltarme.

—Es perfecto, ¿no lo ves? Puedo conseguirte una invitación para que seas una de esas bellas furcias. Luego puedes seducir a alguno de esos dos muchachos que quedan con tus encantos. ¡Haces que se case contigo y salvas a la familia!

Debí haberme quedado completamente boquiabierta, pues espetó bruscamente:

—Cierra la boca, pareces un pez. No es nada atractivo. Y seamos honestas, todo lo que tienes en este punto es tu físico. Es hora de que crezcas y enfrentes los hechos. ¿Crees que tu padre se enamoró de mí por mi intelecto? No. Los hombres responden a una cara bonita, y gracias a los cielos que todavía no eres demasiado vieja. Aunque no creas que no me he percatado de esas arruguillas que tienes alrededor de los ojos. Es la primera señal de envejecimiento.

—Dios, mamá, ¡tengo veinticuatro!

—No uses el nombre de Dios en vano. Ningún hombre quiere una mujer vulgar.

Aparté la vista de mi madre y miré con furia el césped perfectamente cortado a nuestros pies. Para mi madre, todo se reducía a eso, ¿verdad? Lo que quería un hombre, cómo me veía para un hombre... Ese fue siempre mi único valor. Mi madre nunca había hablado sobre qué carrera podría tener cuando creciera, nunca me había fomentado ningún interés además de mi apariencia y criticar mi peso o mi maquillaje.

Pensé en lo poco que hablaba sobre la sociedad secreta de la que los hombres de la ciudad formaban parte. Por lo general hablaba de ello con repugnancia, razón por la cual era divertidísimo que ahora estuviese dispuesta a echarme a los perros si eso implicaba verme casada al final. Había orgías, por el amor de Dios. Orgías y rituales demoníacos, si es que se creían los rumores. Pasaban cosas extrañas y retorcidas.

Pero los rumores acerca de mí siempre habían sido exagerados, así que lo más probable es que esos también lo fueran.

Alcé la vista al frente. Montgomery se encontraba de pie, sonriendo ampliamente mientras esperaba por su novia. Cinco hombres, que eran sus padrinos de bodas, lo rodeaban.

—¿Quiénes serían? —pregunté de repente, envalentonada por una curiosidad e imprudencia salvajes.

Mi madre aprovechó la oportunidad.

—El que está más cerca de Montgomery, que es Walker, y el que está al otro extremo, que se llama Emmett.

El hecho de que estuviese tan preparada para señalarlos me hizo pensar que esta no era una sugerencia del momento. ¿Por cuánto tiempo había estado pensando en darme esta noticia chocante?

Aplaqué mi ira hacia ella y miré a los dos hombres. Los conocía un poco por el tiempo que estudié en Darlington, al menos de pasada. Estaban un curso por delante del mío, pero todos idolatraban al grupo de amigos. Walker en particular tenía una personalidad muy notoria. Él y Montgomery eran dos de los niños de la élite en Darlington. Ese tipo de arrogancia siempre me había parecido muy poco atractiva.

Enfoqué la vista en el hombre que estaba de pie en el otro extremo. Emmett. No recordaba mucho sobre él, pero era alto, tenía los hombros anchos y era tan guapo que tuve que acomodarme en mi asiento solo de verlo.

—Emmett —le dije a mi madre—. Consígueme una invitación para su iniciación.

El rostro se le iluminó tanto que fue como si le hubiera anunciado que la Navidad sería en julio.

—Hecho.

Ay, madre, madre. No tenía ni idea, pero no tenía ninguna intención de seguirle la corriente con sus juegos y planes. Sí, iría a ver de qué se trataba esa sociedad secreta. Si había orgías, entonces participaría en ellas. Me desharía de ser una «chica buena» de una vez por todas y a lo grande. Pero no había forma de que terminara casada al final de la experiencia. Estaba harta de vivir de acuerdo con lo que los demás, incluyendo a mi madre, pensaban que debía hacer.

La marcha nupcial comenzó a sonar, y tanto mi madre como yo nos pusimos en pie. La novia sonriente, con ojos brillantes, emprendió el camino al altar para acercarse a Montgomery.

Y, por primera vez en mucho tiempo, me sentí emocionada por mi futuro.

¿Te gustaría una escena adicional de un oscuro ritual de iniciación entre Grace y Montgomery? Para sentir un chispazo extraoscuro y sacrílego, lee la escena que fue demasiado sombría como para incluirla en el libro.
¡Haz clic para hacerte con ella AHORA MISMO!
https://BookHip.com/LHRMTMX

OTRAS OBRAS DE STASIA BLACK

HEREDEROS Y BELLAS

Pecados elegantes (https://geni.us/PeEl-ES-w)

Mentiras encantadoras (https://geni.us/MeEn-ES-w)

Obsesión opulenta (https://geni.us/ObOp-ES-w)

Malicia heredada (https://geni.us/MaHe-ES-w)

ROMANCE DE UN HARÉN INVERSO

Unidos para protegerla (geni.us/UnPaPr-ES-w)

Unidos para complacerla (geni.us/UnPaCo-ES-w)

Unidos para desposarla (geni.us/UnPaDe-ES-w)

Unidos para desafiarla (https://geni.us/UnPaDes-ES-w)

Unidos para rescatarla (https://geni.us/UnPaRe-ES-w)

Tabú

La dulce niña de papá (https://geni.us/LaDu-ES-w)

AMOR OSCURO

Lastimada (geni.us/Lastimada-ES-w)

Quebrada (geni.us/Quebrada-ES-w)

Amor Oscuro: Una Colección Oscuro Multimillonario
(https://geni.us/AmOs-ES-w)

SEDUCTORES RÚSTICOS

La virgen y la bestia (geni.us/LaViYLaBe-ES-w)

Hunter (geni.us/Hunter-ES-w)

La virgen de al lado (geni.us/LaViDeAlLa-ES-w)

OTRAS OBRAS DE ALTA HENSLEY

ACERCA DE STASIA BLACK

STASIA BLACK creció en Texas y recientemente pasó por un período de cinco años de muy bajas temperaturas en Minnesota, y ahora vive felizmente en la soleada California, de la que nunca, nunca se irá.

Le encanta escribir, leer, escuchar podcasts, y recientemente ha comenzado a andar en bicicleta después de un descanso de veinte años (y tiene los golpes y moretones que lo prueban). Vive con su propio animador personal, es decir, su guapo marido y su hijo adolescente. Vaya. Escribir eso la hace sentir vieja. Y escribir sobre sí misma en tercera persona la hace sentir un poco como una chiflada, ¡pero ejem! ¿Dónde estábamos?

A Stasia le atraen las historias románticas que no toman la salida fácil. Quiere ver bajo la fachada de las personas y hurgar en sus lugares oscuros, sus motivos retorcidos y sus más profundos deseos. Básicamente, quiere crear personajes que por un momento hagan reír a los lectores y que después los tengan derramando lágrimas, que quieran lanzar sus kindles a través de la habitación, y que luego declaren que tienen un nuevo NLS (Novio de Libro por Siempre; o por sus siglas en inglés *FBB Forever Book Boyfriend*).

Website: stasiablack.com

Facebook: facebook.com/StasiaBlackAuthor
Twitter: twitter.com/stasiawritesmut
Instagram: instagram.com/stasiablackauthor
Goodreads: goodreads.com/stasiablack
BookBub: bookbub.com/authors/stasia-black

ACERCA DE ALTA HENSLEY

Alta Hensley es una autora bestseller de USA TODAY que escribe historias de romance oscuras e indecentes. También es una autora bestseller que figura entre los más vendidos de Amazon. Como autora publicada en múltiples oportunidades dentro del género romántico, a Alta se le conoce por sus sombríos y resueltos héroes alfa, sus historias de amor ocasionalmente tiernas, su erotismo picante, y sus relatos cautivantes sobre la constante lucha entre la dominancia y la sumisión.

Newsletter: readerlinks.com/l/727720/nl
Website: www.altahensley.com
Facebook: facebook.com/AltaHensleyAuthor
Twitter: twitter.com/AltaHensley
Instagram: instagram.com/altahensley
BookBub: bookbub.com/authors/alta-hensley